上海吃客

SHANG
SHAI CHIKE

石磊　著

学林出版社

◆ 武康路394号的两棵树

◆ 晨曦中的武康大楼

◆ 国际礼拜堂的后院

◆ 武康大楼前的街道

◆ 武康路 210 号

• 武康路376弄的红房子

序

写吃，是一回事；写吃客，是另外一回事。

吃客二字，灵光是灵光在一个"客"字上。待食物客客气气，谦退雍容，无微不至。四季晨昏，三餐饮食，于每一日的鱼肉蔬果以及汤羹饼饵，自首是官，不是土。敬天、惜物，虚怀若谷，了然边界在哪里。那份自知之明，是清秀，亦是清醒，尤其是于酒足饭饱的酣然一刻。

吃好每一餐饭，善待每一个碟子，常常让我们穷尽了心和力。垂首想想，古往今来那些万能的外婆们，衣也翩翩，发也翩翩。而这样的精疲力尽，我是如此喜欢。

此时此刻的上海，老克勒走地泛滥，而懂经吃客竟不常有。于万丈红尘里，蓦然邂逅一枚两枚健饮健啖的吃客，仿佛绝对不是一件经常会发生的好人好事。沉静、寡言、见多识广，是我比较偏爱的吃客风格。

与各路吃客并肩饮食，于推杯换盏的缝隙里，记录繁花着锦的食与客，于我，常常如同奔跑一局路漫漫的马拉松，丰盛到精疲力竭之后的轻脱、松爽，以及"天啊我居然奔到了终点"的不可置信，轻易便让人上瘾。

本书衍生的两个分支，看病与家教，自然亦是得自饭桌间吃客们的散漫话题，精彩到我需要将它们各自列成篇章，殷勤书写。

等到年过半百，才恍然，我所有的饮食教养，原来统统得自父母。童年的食育，营养了我的一生。感恩父亲母亲。

◆ 我的父亲母亲

目 录 | CONTENTS

☕ 上海的人

看病记

拾珍：老上海的家教

上海的吃

· 老前辈府上的食事纷纷 ·

承蒙师兄友人们提携，秋夜赴老前辈府上食饭饭。上一次来，还是半年之前的三月夜，一个恍惚，白驹过隙，人生何其匆匆。

老前辈高年健硕，治一手极精、极别致的佳肴，人是万般低调，菜是千种妩媚，于默不作声中飞觞滴金，成就本埠一则默诵的传奇。

当晚小宴，老前辈一盅羊肚菌清炖鲍鱼狮子头，硕硕一枚葵花狮子头，细切粗斩，入口即化，色与味，无不优雅至极。明明是肉，偏偏食出鱼的细洁鲜滑，以及弱不禁风。中国饮食的最高境界，常常让我思考到哲学的缤纷层次。狮子头内的鲍鱼细粒，令滋味更为繁复幽微，回味隽永，真真一言难尽。老前辈讲，为了夜饭这颗狮子头，一早六点就在厨房里忙了，加了鲍鱼细粒的狮子头，炖好了，不散开，真功夫。

葱烧辽参，酥炸牛蒡细丝，赛螃蟹，老前辈大菜小菜，件件拿手，样样有来历，食来佩服不已。不过，老前辈府上食饭饭，最过瘾，还不是食，是听老前辈闲话古今，一字一句，统统都是闻所未闻的珠玉精彩。

讲一则炒花生，宫廷制法，御厨手段。"择山东的大花生，先泡四个钟头，去皮晾干，冷油下锅炒，缓缓炒，油温一点一点上来，炒透了，不要停，关了火，继续炒，把油温炒到凉，才罢手。这样炒出来的花生，侬吃吃看，多少好吃。下个酒，一流。我每次坐长途飞机，炒很多带上飞机，空姐们分分，大家一路肩并肩飞过去。"

再讲一则龙井茶。"龙井侬吃过的吧？龙井如何叫泡得好呢？拿大一点的茶壶，浸在冰水里，浸透。落足一两半的龙井茶叶，80度滚水，徐徐冲下去，泡透了，侬吃吃看，这个么，叫吃龙井茶了。"我听完，不胜神往。日本人泡玉露茶，也是这个思路。取60度滚水，足足慢泡五分钟，拿玉露的鲜味，倾力逼出，饮起来，仅仅一口而已，唇齿之间的那个极致鲜美灵逸后味无穷，堪比醇酒。老前辈讲述的这种龙井泡法，想来跟玉露有异曲同工之趣。

讲陆俨少食牛肉面。20世纪80年代初，日子稍稍好过一点，老前辈携陆俨少去延安饭店吃东西，当年延安饭店是著名的军区保供单位，傲立于上海美食的巅峰。他家最出名好吃的，是一碗牛肉面，海海一大碗，完全革命军尺码，外头哪里吃得到？老前辈指指面前的牛肉面，问陆俨少："侬吃得掉吗，这么一大碗？"陆俨少答："我试试看。"老前辈留下陆俨少和牛肉面，自己出去转了一圈，等回转房间来，只见陆俨少拿一海碗牛肉面食得干干净净，倒把老前辈吓了一跳。"还有五只鱼肉饺子，侬不要笑，侬肯定没有吃过那么好吃的饺子，陆俨少统统吃光了。"一屋子人，听了纷纷地笑。这个往事，最令人吟味，是陆俨少的答句，"我试试看"。四个字，形神兼备，道尽劫后余生的知识分子，那种谨慎，那种最后的一点点体面。我实在想不出，还有比这四个字，更具时代性和人类性的答句。一枚稳准狠的细节，坚韧不拔地立在我的记忆里，永垂不朽。

老前辈讲："侬喜欢听我讲，格么下趟下午来吃茶，晚上吃过夜饭，我有点累了。"

·老派上海人·

新年里，丁景忠先生治宴，于江西中路绿雅饭店。料峭黄昏里，步上绿雅时光倒流的阶梯，一推门，鼎沸人声扑面而至，这间苍苍老馆子，生意好得粉碎人心。与诸位前辈殷勤寒暄一一落座。陈忠人先生新年里着一件落花满地的窈窕衬衣，外罩一件 Vintage 的飞行员皮夹克，七旬老玩酷，琉璃飞翠，有声有色，恍若陈纳德再世。

凉菜团团摆上桌，碟碟饱满圆融，陈先生眉开眼笑："吃饭么，就要到这种生意火热的馆子里来吃，只只菜端出来，鲜龙活跳，不会得是冰箱里摆了三个月的隔年陈货。"绿雅的菜，老老实实的老派，一碟子赤秾的宁波爝菜，一碟子翠绿的油汆豆瓣，一糯一脆，家常风景，治得异常正确，非常不容易。绿雅顶顶辉煌，是一枚肴蹄，外面真的吃不到。一点不讲究地盛在一个粗大的碗盏里，服务生推门端进来，搁在桌上转身就走了。孤零零，嫣然一枚红酥手，简直蓬荜都要生出辉来，尤其肴蹄那一张丹皮，软糯柔滑，入口即化，众人赞不胜赞，纷纷埋头，深深浅浅浮一白。

很奇异，这一晚的话题，居然是女佣人，一桌子老男人谈家里的女佣人。此生听过无数女太太们谈佣人，远比谈情人来得水深火热声情并茂，却是第一次，听老男人们谈这个专题。让人脱帽的是，老男人谈女佣的格局水平，比女太太们，高广多了。

陈忠人先生讲："一个女人，最要紧最要紧，是要有本事会管佣人，一个女人不会管佣人，那是一生一世不会有出息的了。太太在家里的地位不可动摇，不是因为太太会生儿子，而是因为太太会管佣人。管佣人，是真功夫。比如讲，我到盛毓凤先生府上去白相，看见伊屋里挂的毛巾，是四骨方正的，两条毛巾并排挂在一起，是对齐的，我就舒服，就晓得，这个肯定是盛太太教导有方训练出来的，绝对不会是佣人们天生就会的。这个就是大人家的教养，一家人家的派头，都在这种细节里。

"我是老法人，佣人佣人，就是要做365天的，老法都是这样子的。我自己家里的女佣，也跟我做了十多年了，最近跟我讲，伊要求做五天歇两天，我老想不通的，这还叫什么佣人呢？最近我搬家，跟女佣讲，侬整理我西装的时候，把夏天的西装和冬天的西装，分分开，淡颜色的西装和深颜色的西装，分分开。女佣听也听不懂，伊认为，我给你把西装挂好么，已经足够好了，你还要怎么样啊？分这个分那个，东家侬是故意在刁难我。再讲皮鞋，放进鞋柜里，我叫伊一双前一双后，错开了放整齐，伊也听不懂，认为我是在存心挑剔伊，伊拿我的皮鞋，统统塞进鞋柜里，我打开鞋柜，一团乱糟糟，我不是难过，是无比地痛苦。"陈先生倾诉得声泪俱下，桌上人人听得乐不可支用力拍大腿。

"我屋里的女佣人，要弄牛排给我吃，我关照伊，'谢谢侬，千万千万，千万不要弄牛排给我吃，侬祖上十八代从来没吃过牛排，侬弄出来的牛排，要吓煞人的'。乃么伊牛排不弄了，弄猪排给我吃。猪排么，要辣酱油的，香港人叫'噫汁'，我的女佣人跑去超市寻，拿农工商里上上下下所有的人都问了一遍，没有一个人晓得什么是'噫汁'，结果猪排也吃失败了。

"我姆妈晚年，享有一个特权，出外吃饭饭，我姆妈，只有我姆妈，是可以携佣人一起的。我姆妈年高，总是被尊奉坐在中央主座，女佣就贴身坐在我姆妈身边，我姆妈吃到好吃的碟子，拿厨师从厨房里请出来，当场请教做法，让女佣记下来，回家学着做。我姆妈这样信任依赖多年的女佣，到我姆妈病倒在床，请她充作护工的时候，却跟我坐地起价，一口就要翻倍薪水。"

隔日，与盛先生丁先生们踏青探梅，梅无甚可观，倒是嫩柳纤纤，于春和景明里，千丝万缕，撩人得不得了。丁先生一路讲些闲话给我听,丁先生是海上名医丁甘仁的曾孙,丁家一门数杰,代代出名医。祖父丁仲英亦是一代名医,丁先生幼年,深得祖父母宠爱,从小随祖父母起居长大,1978年丁先生结婚,当时96岁高龄的祖父,亲自择的吉日。丁先生讲给我听,祖父长寿,每天练八段锦,早晨起床,必拿一柄毛刷子,毛有两寸长,刷遍通身上下,像干洗一个澡。刷完后,喷上花露香水,穿上白色的纺绸内衣。祖父日日如此的。

老派的情致,老派的讲究,老派的上海滋味,不是褪色就是缺角,飞快地沦落成了无可弥补难以挽救的残卷,而你我的日子,于如此的残卷里,敷衍潦草,日日淡薄。

◆ 洋葱头，新乐路的地标

· 一人食，二人食，三人食 ·

之一

独自起居，难得洗手煮饭，谢谢天，家门口几间如意小馆子，日子长了，静静出入，如自家饭堂。一间法国菜，一间意大利菜，两间中国菜，两间小面馆，方便一人食。这个单子上，原是还有一间日本小馆子的，最近关门大吉，怅怅。再找一间替补的，似乎根本是妄想。小馆子难寻，看得入眼的，百里肯定挑不到一，日本小馆子尤其。

法国小馆子，每去，吃的总是汉堡，很抱歉，汉堡并非法兰西美食。端上来的时候，高耸入云的汉堡上，插一面拇指大的法兰西三色旗。我是汉堡门下走狗，跟葱油拌面一样，融化于血液里了，十日之内，必要失魂落魄奔去一趟。那个馆子，年纪轻轻的法国人老板，娶个瘦骨姗然的中国太太，店内请的女服务生，个个笔笔瘦，高中生气质，蛮有雏女趣味，情调是细腻以及盎然的。

最近去吃饭饭，随身带着的书，是《法式诱惑》，中文版的，不过封面上还是有法文的书名，老板进进出出，一眼一眼看我。作者伊莱恩·西奥利诺是《纽约时报》驻巴黎的主任，旅法无数年，阅遍巴黎人，以时报笔法，写得细节密密麻麻。

人头马君度集团的总裁，告诉作者，她的母亲训练幼年孙子孙女味蕾的方法，是让他们喝各种不同的矿泉水，教导孩子们将味觉聚集在不同的水之间的差异，哪一种有咸味，哪一种有奶味，哪一种有金属味，等等。

1970 年，深受爱戴的戴高乐故世，当时的总统、戴高乐的继任者乔治·蓬皮杜，于广播和电视中宣布这个消息，他说：戴高乐将军已经与世长辞，法国现在是一位寡妇。

戴高乐生前，有过一句名言，他赞美法国艳星碧姬·芭铎，她是与雷诺汽车一样重要的法国出口品。

而诱惑，是一场战争。

实在铿锵。

至于意大利小馆子，做西西里风致的比萨，一点点大的馆子，也不怕铺子租金昂贵，于寸土寸金之间，赫然筑一个庞大的柴火炉子，烈火干柴在你眼前烤比萨。意大利厨师戴副黑框眼镜，像个科技精英，亲自从厨房里，将比萨扛到你桌上，一条手臂背在身后，低声请你"enjoy"。这种做人做饭的细节，我喜欢。东西是真的好吃，舍得用上质新鲜奶酪，番茄酱的滋味很正确很意大利，跟浑浑噩噩的罗宋汤势不两立。缺点是实在太大份，一人午餐，无论如何吃剩有余。这家小馆子，午餐还做很不错的蔬菜汤，清爽利落，蛮体贴，蛮难得。吃比萨，适合带本医案翻翻，短短一则，极精到，极隽永，中医高手诊病，跟庖丁解牛神似，薄薄一片刀子，于骨节经络之间游刃有余，所到之处，豁然而解。吃一片比萨，读两则锦心巧手医案，赞煞。

以上说的，都是午餐。

之二

黑雨天气，与沈宏非 Totoro 二人食，东吴石府，厨师是女子，做得一手规规矩矩苏州菜，一面孔谦退的笑容。

一碟子虾子茭白，婉媚深深，茭白肥甜，虾子坚忍，有金风玉露之趣，很苏州，很秦少游。一盘子清炒三虾，红红白白，粒粒软滑可人。二人食，那么一大盘，委实奢侈。不过 darling，我承认，奢侈有奢侈的好，一匙一匙入口，比一碗捉襟见肘的三虾面，三筷子惆怅捞尽，确实过瘾多了。如今全国人民跑去苏州吃三虾面，娇贵三虾大剂量供市，大多无可奈何入过冰箱，端上来，鲜灵不足，腥气有余，滋味是僵板的，扫兴之至。一碗千古好面，从此黯淡不堪食。Totoro特地备了六月黄，敦厚的苏北高邮蟹，滋味雄迈，英雄何必问出处。想起某年盛夏，跑去香港做事，下飞机直奔饭馆，与久别重逢的戴谦女子午餐，完全不记得当时两个人激情四射地讲了些什么，却牢牢记得那日吃的一笼黄油蟹制的蟹粉小笼，堆金砌玉，筷子尖尖拈起来，金灿灿，沉甸甸，一枚锦绣小灯笼，入口香浓腴润，叹为观止。宴上，沈宏非贴心加了一碟子白什盘，问Totoro，为啥这个碟子外面不容易寻得到，他翻翻白眼，这种卖不贵的碟子，谁还高兴做啊?

二人食有个麻烦，吃点复杂的菜，比如酱鸭、六月黄、焖肉面，彼此刻苦一埋头，口舌不够使用，便静了场。一人食很挑馆子，二人食很挑饭伴。那晚窗外院落里是黑雨倾盆，屋内是Totoro雄辩滔滔，不绝如缕。伊又爱惜自己，滴酒不沾，倒是我听得入味，自斟自饮，吃了一杯又一杯小酒。冰镇的黄酒，有一种菲薄的脆，与Totoro的黑色幽默，锋利地合辙。

那晚饭后甜点心，桂花椰奶鸡头米炖桃胶，从苏州菜里跑出来一点点，却好吃。喜欢小小一盏之内，挖空心思，制得口感层次分明，亦有峥嵘，亦有圆融，甜点心生来该应如此的。说得恢宏一点，我喜欢有思想的甜点心，灵光闪烁，剑剑杀人，不喜欢平庸之作，东抄西抄，甜得一览无遗。跟Totoro叹了几句幼年家里的早点心，我是多么地想念。父母规定的，湿点心是一定要在家里吃好，才可以上街吃干点心的。沈宏非问我，你家里打不打麻将？你见过人家打麻将的点心吗？老派人家，家里开一桌牌，旁边就有个厨娘，不停手地在那里煮点心，精彩精致，碟碟不休。唉，唉，从前的日子，从前的点心们。两个人讲法讲法，顺嘴就讲到了风月小说。一个长夏，一边整理房子忙着搬家，一边拿屋里的风月小说堆在枕边，津津有味，重温一遍。风月小说里，以苏白写的，最是蚀骨钻心地好，风月女子，嗲得滴溜溜的。书里的那些穿着用度，只有风月小说，能写到如此家常自如不扭捏。

> 如玉小脚上穿一双蓝缎芯子一墨绣蝴蝶头拖鞋，只套着一点子的鞋尖。一手拿着一只沙地起花白银烟匣，兰花着三个指头把烟烧好，放下烟匣，拿起一支白银镶翡翠嘴的橄榄核烟枪，递与少牧。

无与伦比的四马路洛可可风致，啧啧。

之三

与春彦、沈宏非吃茶，法国茶，于武康路 Blanche，下午三点半开香槟，一边举杯，一边浅浅恍惚。女主人傅小姐，一枚清秀如绣的娃娃脸，睡莲一般，静静盛开，看上去，像一幅武康路莫奈，令人颠倒。这席法国茶，咸味的，做得极细。法国滋味，做到后来，精只是表面，细是芯子，可惜，九成法国馆子，只懂精，不懂细，以为精就是细，真真无从说起。

俊肥的生蚝，嫣然覆一层冰晶冻，看似冰清无华，入口方知，这层冰晶冻，萃取了夏日西红柿的精华，一口之内，季节飞舞。为托举蚝之灰白，这层冻，亦制成冰透，没有一点点西红柿的暗红，手法和意境，都很到家。

茶席上，Totoro 携了苏州胥城的鲜肉月饼来，当日制起，热腾腾刚刚送到。捡了一枚放在碟子上，举起 Blanche 24K 金的刀叉，于起刀落，连进两枚内心十，剩卜酥皮，糟粕一般，弃在碟子上。春彦看见心惊肉跳，尖叫起来："你们你们，你们不吃酥皮啊，这么好的东西。"那个肉芯子，darling，稳准狠的苏州滋味，光明邨弄不像。

我有一点苏州血统，还有一点绍兴血统，春彦吃吃茶吃吃香槟，语重心长又一次，讲："妹妹侬小半个绍兴人，绍兴女人有个缺点，有时候凶来。妹妹侬不凶的时候，蛮好，蛮芸娘，一凶，乃么好了，变酒酿了。"

·祖母的虾圆·

　　饭席上，闲话玲珑，听金宇澄讲起黎里饮食。黎里乃金大爷故乡，据称，黎里美食，如今大多不可寻踪，凋敝得厉害。金大爷讲起，回故宅，寻到一枚石臼，是早年祖母拿来制虾圆的厨具。金祖母最后一次制，好像是招待家里贵客。结果么，祖母落无穷心思，费无尽心力，制得一味虾圆，而席上客人，粗人滚滚，无人识得盘中物。祖母耿耿，言，这是俏媚眼做给了瞎子看。媚眼瞎子句，金大爷以"繁花"口吻道出，虽耳畔轻轻一句，真振聋发聩也。

·吃客们·

酷暑天气里，有气无力翻闲书，翻到《静安寺消夏竹枝词》。

梳条松股天津辫，坐爱通风睡爱凉。
阿侬最喜荷兰水，笑向檀郎乞一瓶。

一百个章回的闲书缓缓翻毕，天亦终于凉润了下来。初秋气息，清浅流丽，桂花若有似无层层叠叠香起来，脱下麻布衣衫，终于可以着丝衣了。凉软薄滑，初尝弱不胜衣之趣。四季轮回，岁月有情，人世真真是好的。

之一

筵席上隔肩而坐，遇见丁景忠先生，丁先生的曾祖，是海上名医丁甘仁先生。丁先生居香山路，离我童年读书的卢湾区第二中心小学，仅仅一箭之遥。想想上海这座城，如此这样的细节琳琅，以及人物古今，坐对着一桌子的鱼鱼肉肉，有点神驰并且心碎。当晚与丁先生叙得欢宜，谈医，我自然没有那个资格，倒是论食论得生动。丁先生讲："上海炒面，侬晓得哪一家顶顶好吃？从前有家盛利炒面，在育才中学对面，卡德池浴室隔壁。炒面师傅是个大块头，不是一点点胖，足足有三四百斤体重，一个人对着个火烫的炉子，力气大，炒得动。师傅胖，下巴不是双下巴，恐怕三个四个下巴都有了。偏偏那样子炒面，是不能吹电风扇的，老板娘雇两个小童，在胖师傅背后，替他打扇子。炒点面，排场大煞。炒出来的面，无人可比，好吃。"丁先生讲得眉飞色舞，我听得心里寂寞，如今的新上海人，大概知道干炒牛河的，比知道上海炒面的要多得多了。再过几年，跟上海人讲起上海炒面，人家要去百度一下，才晓得侬在讲什么。

筵席间，响油鳝丝、红烧河鳗、虾子乌参一一上桌，丁先生下箸轻灵，点到为止，筷子放下，即有隽语批点，颇有些些让我叹为观止。丁先生微笑，讲："吃客吃客，岂是容易做的？我是从小，3岁开始，跟着父亲吃，吃到今朝，才算吃过点、看见过点。吃都没吃过，就不要谈了。"

到底是世家子，一讲讲到了骨子里。饮食一定是家教，滋

味感觉，必是养自童年。小时候没有吃过，长大了，再花大把
银子吃遍米其林，终究洋盘不会懂。三代做官，吃饭穿衣。老
话讲得一些不错。

之二

承吕胜兄、耿侃兄厚谊，于富春江畔的俱舍盘桓数日，山
青水碧，江山如画，《富春山居图》就是从此地，一撕两半，一
半在浙江省博，一半在台北故宫。乡愁四韵，余光中先生如果
到此，大约诗兴泛滥，好词好句唾手可得。岛上晨昏散尽万万
步，听二位兄谈古论今，灼见非凡，我好像很久很久，没有遇
见口感如此佳美的闲谈了。

还是讲食。

岛主耿侃兄是江苏人，岛居浙江的富春江上，足有十年，
讲起江苏饮食，远胜浙江，两地貌似相邻相近，实则饮食上差
了十万八千里。单讲一碗面，苏州人讲究得死去活来，杭州人
根本没有开窍，杭城第一碗的片儿川，于江苏人来讲，简直乏
味得无法下箸的苦。耿侃说："苏州人的枫镇大肉面，那个面和
肉，最后还要加一点点酒酿，这种思路这种逻辑，你让杭州人，
打死他，他也想不出来的。"

耿侃的外祖父，是南通的大地主，坐拥千亩良田，家里藏

书富荣，当年《四库全书》，江苏通省，只得两部，一部在省教育厅，一部在耿家。1949 年前后，外祖父母仓惶离乡，出奔上海，临走，只带了一只红木小凳子，给小女儿在船舱内歇坐。50 年代初，南通旧家的长工，仍记得老爷喜食自家制的萝卜干，封了一坛子，送到上海。老爷一看，封坛子用的纸，是《四库全书》上撕下的。耿侃叹叹："当然了，《四库全书》的纸好啊。"如此食经，讲到后来，darling，岂止是听者默默，连江山，都无了语。

· 一朵梅雨诗 ·

之一

梅雨缠绵，一城烟水郁深。人间的饮食胃口，全军覆没。此时此刻，一盂白粥，冉冉登堂，救苦救难救上海人民于黄梅天深渊。这件事情听起来，像一出绍兴戏，尹桂芳唱唱，一糯三叹，肝肠寸断。

至于粥肴么，宜轻，宜软，宜淡若无物，似上等佳人，不着红尘痕迹。与酒馔不同，油氽果肉这种东西，喧哗骚动，比张飞还硬扎，佐酒相宜，伴粥未免胡闹。

早起略略清凉，换件干净衣衫，洗手做鱼冻。拣细致好鱼，比如白丝鱼，淋一勺十年陈花雕，清蒸了，细细拆出鱼肉来，精洁食盒盛了，冰箱里冻三个钟。到了中午，拣个老银碟子，将鱼冻覆于银碟上，触目清凉，入口泅润，真真伴粥隽品。

拣上好的蜜，煨莲子，耐心煨透煨酥，莲子色如蜡梅，粒粒甜圆，这个碟子，有个好听名字，叫蜜蜡朝珠，倒是富贵双全的。莲子要取建莲或者宣莲，湘莲不堪食。这个碟子看似简白不过，胜是胜在东西要好，火候务必恰如其分，稍一过头，莲子易碎，一碎，便没意思了。

年年黄梅天，一碟鱼冻，一碟蜜蜡朝珠，煞梅利器。可惜，今年包子远隔重洋，未能回家来。饮食思念，darling，是人间最忠诚、最刻骨的思念。

之二

黄梅天日课，游泳，以及桑拿，驱尽一身溽湿，省得骨头里浸满了幽咽雨水。

白日的泳池里，日日遇见一枚老男，独自缓缓来，独自缓缓去，颈子里挂一块骨牌大的碧玉翡翠。老男游起水来，进退雍容，没有一点火气，像一只霸气暮气两沉沉的老鼋。泳池里常见的，是卖弄肌肉卖弄泳技的轻浮男人，一入水，惊天动地水花四溅。最烦男人游蝶泳，踌躇满志，弄得跟水害一般，一切人等让开让开。可惜，蝶泳那么花哨的游法，通常一个来回就气喘吁吁无以为继了。还是老鼋派好，一尘不惊，照样霸气懔懔。

某日午后，旁边两位中年男泳客，浸在水里与老鼋攀谈："老先生侬多少年纪了？"男人八卦起来，女人不是对手。

老鼋抹抹脸上的水："侬猜猜看。"

"70 岁差不多吗？"

老鼋冷静答："再上去一点，78 岁。"

两位中年男齐声赞叹，结棍结棍。

老鼋讲："我平日在某某酒店游泳的，伊拉关门关了六个月，到现在还不开，我气来，转到这里来游了。"

怪不得，以前没有见过老鼋，如今日日遇见。

中年二男与老鼋，谈得蛮投机。从前做啥生意？上海滩哪几个泳池好？家住何方位？一刻钟之后，双方握手，湿淋淋的手，立在泳池里，互诉相见恨晚。老鼋悠悠补了一句："其实么，我 80 岁了，刚刚我要面子，少讲了两岁。"

二男惊呼："做啥少讲两岁？ 80 岁么，更加挺括啊。"

老鼋瞪着一双铜铃大眼，不动声色，埋头入水，缓缓游了出去。

我猜，人家暗爽在心，多少是有的吧。

darling，推敲老男人心思，竟亦成了我的黄梅天另一桩日课了。

之三

一大早的细雨里，与春彦坐在湿淋淋的院子里，静谧无人，惟一匹虎斑大猫，安详蜷在身边。吃个三明治鲜橙汁的早餐，与春彦讲讲书讲讲字，春彦一瞪眼，蓦然来了精神，神抖抖握拳讲："书写，无非写个狂狷之气，手握毛笔面对宣纸，就是一场生命搏斗。"这一句，讲得像句口号，绵密的梅雨，像一串密密麻麻的惊叹号。我萎靡的黄梅精神，就此得到了加持。

转身离开片刻，春彦雨水里吸吸烟，于速写簿上写了四句诗。停了一歇，金宇澄翩然而至，春彦抱着肚子眉开眼笑，"金大爷金大爷"。坐下讲些闲话。金大爷的版画，蒸蒸日上，比《繁花》更焕然。手机上一帧一帧翻出来，春彦与我啧啧不绝。新制的三枚藏书票，蛮有奇趣，红衫钟馗怒目金刚，张个布袋子全神贯注捉蝙蝠。旁边两只小白鼠，闲闲望野眼，一派立在热闹之外冷眼张看的清冷，蛮像金大爷自己。一幅《彼岸》，一排橙衣女子，秾纤有度，面覆口罩，欲言又止。画面静谧无波之下，有骇人听闻的暗潮汹涌。金大爷讲，怪了，这一幅，2018 年的，口罩戴得早吗？

◆ 有鸟笼和绿茶的清晨

· 窈窕夜局 ·

为这个夜局，滔滔一反常态，打了一次电话、发了两次茶室定位给我，反复关照，户田治的局，要重视，不迟到、不早退。

天黑下来，门外梧桐飒然，淮海路上，苍烟一泻，简直有点嫣然动人。随便抓件衣裳疾步奔赴茶室，准时准点踏进门，知客小姐引至小屋，里面端端正正坐了两男一女，三个我完全不认识的人。摸摸活蹦乱跳的心脏，退出来一步，想了半分钟，跟滔滔打了个电话，滔滔在日理万机应酬晚宴，关照我，我晚到一歇歇，侬先进去坐。

格么就进屋坐下来，心里暗骂滔滔和户田十恶不赦，我最怕跟陌生人面对面，挖空心思不晓得讲什么不吃力。摸着石头过河，事实证明，通常都是淹死的下场。

女生是 Lisa 小姐，一身香奈儿豪装，眉目流盼，坐在禅意氤氲的茶室里，东方遇见了西方，赏心悦目。彼此啊啊啊，小心翼翼，上句不接下句。叙述了 20 分钟，慢慢搞明白，Lisa 小姐上海人，投行女专家，家族企业是做钢琴做吉他的，常常坐着小飞机，于阿拉斯加森林上空盘旋，以寻觅良材制琴，她家制造的吉他，亚洲第一是业内公认，日本诸多吉他大师都是她家密友，等等。算了算，二十分钟里，我脱帽致敬脱了两次，看手表等待滔滔与户田出现看了三次。

左手男，还要吃力，讲话没有声音的，需要在嘶嘶声里，竭尽全力分辨人家讲了点什么，深秋之夜，邂逅声嘶力竭真人版本，有点淡淡的聊斋意思。这位顾忆先生亦是上海人，刚刚动完手术，医生说的，半年之内，讲话都是这个声音了。顾忆自强不息，说这半年里，要多讲讲话，当作康复训练，闻言，我又脱了一次帽。顾忆是设计师，这间茶室就是他设计的，上海滩红得发紫的一系列溪字头茶室，都是他设计的。这还罢了，最厉害，顾忆讲，他在非洲混了十几年，马达加斯加、莫桑比克、安哥拉，在那里辗转造房子。这次我没有脱帽子，在心里尖叫了两声，天啊，太厉害了。

右手男，年纪略长，白发翩然，衣着举止，基本上不是这个时空里的男人，默默坐在那里，沉静微笑，十分寡言。淡淡讲了两句，这个上海男人，从前是混布宜诺斯艾利斯的，啊啊啊，难怪穿得如此别具一格，眉眼唇吻，原来是点燃了阿根廷娇韵。男人半老，比徐娘麻烦得多，半生伟业不知从何说起，Jack 想了想，捡我们听得懂的，说了一句，上海滩某某广场，是我造的。众人啊啊啊，谨慎再请教一遍人家大名，我叫Jack，不过，发音不是英文，是西班牙文。

终于，滔滔匆匆奔到了。初次见面，奉过老白茶，Lisa 小姐捧着茶食盒子，恭恭敬敬请风尘仆仆的滔滔随便用点，滔滔热泪盈眶，拈了一枚花生糖，跟 Lisa 倾诉："谢谢侬谢谢侬，我今朝一日天，上半天见山东人，下半天见如皋人，夜里厢总算可以讲上海话了，虽然我们不认识，我还是觉得浑身适意的。"Lisa 一口一个老师长老师短，叫得滔滔毛茸茸的，跟Lisa 商量："侬不要叫我老师好不好？"四个人瞪着滔滔自我介绍，滔滔经历复杂得三天三夜都讲不完，独白了 30 分钟，跟我叹，今晚哪能像"双规"一样？

治局的户田呢？户田原定从宜昌飞回上海的飞机，因为大雾，取消了，只好从宜昌驱车两个小时至武汉，从武汉搭高铁回上海，预计高铁抵达上海是当夜十点半。我们五个人全部到齐之后，跟户田视频电话了一下，户田在视频中默默地把每个人看了一遍。滔滔讲："侬讲几句话吧，中国高铁上可以讲话的，不是日本新干线，侬讲讲。声音太轻了，讲响一点呀，最多被旁边的人骂你没文化，有什么关系呢？"户田慈祥地问候诸位，咫尺天涯，有点咬牙切齿的恨。

然后我们全体起立，跟着顾忆观赏一遍他操刀设计的茶室，啊啊啊，美轮美奂，阴翳礼赞，飘得不得了。水阁静，竹窗闲，千叠暮山稠，螺蛳壳里的清雅道场，苍苔朵朵，轻烟澹澹。Jack 问："苍苔哪里弄来的啊？"顾忆答："这个东西，到处买得到啊。"Jack 讲："侬告诉我哪能买得到，我白相盆景的，家里潮潮泛泛盆景。"我一听，立刻移步到 Jack 身旁啊啊啊，户田在视频里关照我，侬写写 Jack 啊，老克勒啊。

　　坐至十点半，户田的高铁抵达了上海，视频里看看我们，我们也看看他，惆怅的是，darling，茶室还有 10 分钟打烊了。户田讲："你们年纪都不轻了，早点回去睡觉吧，身体也是要紧的。"Lisa 讲："户田侬辣手侬辣手。"滔滔急了："格么单子谁埋啊？"

· 王孙的菜单 ·

冻云作雪天气，暮色苍茫里，与沈宏非坐车返家。沿途一路，堵得肝肠寸断。前途漫漫，何以解忧，唯有闲聊。Totoro于手机上翻出一幅菜单，王孙溥心畬的一幅手写菜单，侬看看，溥心畬叫外卖的单子，保利香港最近在拍。

我是溥心畬的千年粉，心潮澎湃接过来细细看，寒玉堂那笔好字，又松又糯，喷着糟香，直到眼前。是溥心畬一百来年前，于京城恭王府花园居住时候，订的一桌子菜，从鱼翅到烤鸭，十二道菜，一碗鸡粥，一款冰镇橘子汽水。拌猪脑，糟蒸鸭肝，精致地茹毛饮血，向来是人类的一种深邃课题。"炸丸子，要大"，此时此刻，弱不胜衣的王孙，倒是直抒胸臆一点不扭捏。糟煨笋尖，这是整幅菜单里，最温存的一个碟子，煨字缠绵悱恻，揉人心肠，于堵车途中，吃如此的字，亦是相当疗饥的。整篇京派菜里，王孙选的蔬菜，乃是芥蓝，蛮有意思。于今看来，最没有精神的，是芙蓉鸡片、拔丝山药和烹虾，这是我的偏见，尤其见不得拔丝这种物事。以火腿鸡粥收束，是无可挑剔的精而且贵。而不设甜物，江南人看着，多少有点于心不足。跟沈宏非叹叹，这么一桌子，不知道现在还吃得到吃不到，沈宏非讲，吃得到。送我到家，落车时，沈宏非拿给我一盒子小烧饼，北京来的。

隔日晨起，一碟子小烧饼，一册《寒玉堂诗集》。小烧饼是京里的回民馆子聚宝源的，一点点大，卷得极酥极暄，于无限温存里，伫立着一缕花椒滋味，刚烈而坚挺，最漂亮，是丝毫不油腻，真是好精神，好点心。而溥心畬的《寒玉堂诗集》，唐音落落，逸气飘云，多年来，我是看得极熟的，哗哗翻过去，依然口舌生香。记得高阳讲过，早年听周弃子先生评溥心畬的诗，溥王孙的题画诗，首首辋川，无非假唐诗而已。有一回跟他闲谈，我老实跟他说了，他也承认，他说他也有真的东西，不过不便示人，接下来念了两句给我听：百死犹余忠孝在，夜深说与鬼神听。

王孙吟到如此句子，亦真的是帝国余晖了。

跟了我多年的这册《寒玉堂诗集》，是1994年新世界出版社的一版一印，前面有启功的一篇序写得极好看。这位王孙弟子讲，心畬先生的书法功力，平心而论，比他的绘画功力要深得多，先生那些刀斩斧凿的笔划，内紧外松的结构，都是《圭峰碑》的特点。先生爱写小楷，庾信的《哀江南赋》不知写了多少遍。项太夫人逝世时，正当抗战之际，只得停灵在地安门外鸦儿胡同广化寺。鬃漆棺木，在朱红底子上，先生用泥金在整个棺椁上写小楷佛经，极尽辉煌伟丽之奇观。

有趣的是，启功一再强调，这位溥二爷，于画上，并没有用过多少苦功，是靠的天资。启功讲，心畬先生的画艺，得力于他家藏的一卷无款宋人山水，从用笔到设色，几乎追魂夺魄，比原卷甚或高出一筹。先生以书画享大名，其实在书上确实用过很大工夫，在画上则是从天资、胆量和腕力得来的居最大的比重。

溥心畬经常说的一句，画不用多学，诗作好了，画自然会好。

溥心畬的赞，赞在他的斯文骨肉，天家富贵，那种温文气概，静谧至极，实在叹为观止，无人可及。后世出过一个袁寒云，略略有点意思，不过终究无法跟溥王孙相比，袁少爷杂气火气匪气红尘气，气气皆重，没有了清，何谈贵？

看一幅外卖菜单，吃一枚小烧饼，弄出这点字来。礼拜三愉快。

· 上海的营养三餐 ·

　　下半辈子，有幸能够住在上海，起居于童年三公里之内，乃人生至福，应该深深知足的了。惟一一点点的于心不甘，是如今的上海，恐怕是，常常要担心营养不良。darling，我指的当然不是鸡鸭鱼肉牛奶鸡蛋，我讲的，是灵魂。还好的还好，我有特供，谢谢天，身边有这么多好人高人能人，不绝如缕地供应我饥饿的灵魂。天蝎座的麻烦，就是这个"人不进步，天诛地灭"的本性，一日不进步，百爪挠心五内俱焚的苦，你们都要原谅我。

　　说营养三餐。

　　之一，编辑小姐余雪霁，有个很灵秀的微信名字，页边豚。她是《第三餐盘》这本书的编辑，这是一本让我爱得不得了的好书，顺便也无法可想地爱上页边豚小姐。豚小姐新编了书，《中馈录》，清朝两位厨娘，浦江吴氏和曾懿的食单，书刚出炉，豚小姐热腾腾殷殷快递给我，冬阳灿烂里捧到手上，温暖柔润，香喷喷的精致，一翻就翻到了午后三点半。

随便抄一节：

> 制五香熏鱼法
>
> 法以青鱼或草鱼脂肪多者，将鱼去鳞及杂碎，洗净，横切四分厚片。晾干水气，以花椒及炒细白盐及白糖，逐块摩擦，腌半日即去其卤。再加绍酒、酱油浸之，时时翻动，过一日夜。晒半干，用麻油煎好捞起。将花椒、大小茴炒，研细末掺上，安在细铁丝罩上。炭炉内用茶叶、米少许，烧烟熏之。不必过度，微有烟香气即得。但不宜太咸，咸则不鲜也。

这个熏鱼制法，细致幽谧，手段繁复，五香得不得了，一路狠狠重用花椒茴香，真不手软。曾懿是四川人，史上留名的女中医，真是好看的，五脏六腑都补到了。整段文字里，惟一一个疙瘩，是绍酒二字我不甚喜欢，黄酒多好，多温润，绍字冲出来，凶得来。大约是江南人讲黄酒，江南以外的，爱讲绍酒。

之二，王珏妹妹年轻貌美，十来岁离开上海移居美国，读的土木工程，毕了业回到上海，做的是艺术，她做装置，做得极有味道，亦用到她的土木工程智慧。珏妹妹遍访云南，访得个数十人的古村落，至今以古法制傣纸，这种纸，从前用来抄经，如今越来越少见了。珏妹妹以傣纸做的《云屋》，空灵透静，将轻与厚捏合得莫名地好，那种柔中有刚、举重若轻，有庄周蝴蝶，亦有允执厥中，似乎有一点点神来之笔的灵，耐看极了。我们姐妹年纪差了一大截，可是讲起闲话来，倒是一整夜都不够消遣的。珏妹妹讲，姐姐年末了，送个礼物给姐姐。隔日一早便快递了一只玻璃匣子来，小拳头大小的结，敛手敛脚拧在一起，满拳头钉满银钉子，名字叫丑萌丑萌，看了微笑不止。刺猬式的毛茸茸，圆滚滚的萌厚，像一大滴巨型热泪，抽泣于庚子年。好的眼泪，都是圆的，以及美的，像眼前这一滴。得了珏妹妹这一件，与搁在案头的佛手金橘们一起，意外地融融。

之三，岁暮，造云先生请我们与乔木先生的三位子女聚聚，造云先生是乔木先生的学生，刚刚结束的"百年乔木"画展，纪念乔木先生一百周年，造云先生竭力奔走，为恩师尽心不已。听苏苏姐姐和乔筠姐姐讲，"百年乔木"画展观者如云，突破纪录，为近年仅见。乔木先生桃李满天下，听来真是欣慰的。画展出版的画册，搬请春彦大佬写的序，《煌煌海派，巍巍乔木》，洋洋洒洒一篇大文，春彦写得热血腾腾，高度和温度俱全。那日餐叙，春彦抱着肚子坐在上首，吃了满盘子乔家姐妹亲手包的北方饺子，心满意足。乔木先生河北人，乔家姐妹的饺子真是好味。

席上听造云先生讲起，20世纪70年代去绍兴游玩，夜里于小馆子吃晚饭，黄酒3角6分一斤，吃吃酒吃吃饭。来了一位男人，四十来岁，直接跟你讲，"你们给我酒喝，我唱绍兴大板给你们听"。玻璃杯里倒了酒给他，忽忽三杯落肚，吃酒跟吃茶叶茶一样，6角钱的酒吃下去，男人黄钟大吕，唱了三只绍兴大板。"妹妹，我跟侬讲，不吃酒，绍兴大板那个汪汪的音，是出不来的。我们这里吃完唱过，我看他转到隔壁桌子，跟人家一样这么讲。一个晚上下来，靠十斤黄酒，二十只绍兴大板。绍兴男人，不吃饭可以，不吃酒不行，那个年代，就靠这个办法，天天弄得到十斤酒吃。"造云先生讲得热兴，我在对面听听，觉得人生真是无处不风流，如此快意恩仇，多少好。

·一个人的法兰西·

上海这座历史绝不悠久的小城，夹在江南动辄千年的古都群落里，并不显出贫薄寒酸，想想真是古今奇迹。上海一向倒是，有某种独步天下的城市气质，让人萦怀不舍、难离难弃。譬如，城中漠漠弥漫的、难描难画的、莫名的法兰西娇韵，不知从何处来，更不知要往何处去，于任何时代，总也杀伐不尽，或浓或淡，卷土一再重来，春风一吹便生。

以下便是，我一个人的法兰西，散漫于故土乡里的我城上海。

吴淞路 297 号，是个相当奇异的去处。门面外，是虹口区业余大学，没有电梯的老楼，汗流浃背爬上爬下，有隔世的坚忍扎实。爬完五层，豁然一变，上面竟是上海法语培训中心，一堂开天辟地的旖旎法国胭脂，精修边幅，扑面而至，这就一脚腾空，踏入了巴黎。常常来此，倒不是为学法语，为它的一座小小图书馆，漫漫铺陈满室法文书籍杂志，摆设格局，全套法式做派，十分地异国。我这个法文盲，爱捡杂志、画册、写真集、设计书，一摞一摞地，贪心看个饱足。不识法文，仿佛不是问题，那些法兰西熏染，尽够我过瘾销一回魂的。常常是，一去，便消磨一日。饿了，下楼转个弯，隔壁塘沽路上，有本埠鼎鼎大名的上食清真牛羊肉公司，排在慕名而至的人丛长队里，一边反刍刚刚扫荡过的法兰西文化，一边看人家，姿态国营地零售牛羊肉熟食。一个纸包，切薄片的卤牛肉，托在手心里，当零嘴咀嚼。再转去旁边百官街口的昆山花园，百年垂暮的花园子，满园养鸟人，怡然遛着鸟，百啭千鸣，无所不至。于上海零落一角，法兰西便这样亲昵穿梭在本埠人烟里，一无唐突，耳厮鬓磨，多么地不可思议。

幼年在家做女儿，年节下看姆妈全心全意整顿年夜饭。姆妈煮得一手讲究好饭菜，天才的是，我姆妈喜欢把年夜饭，安置在成套华丽至极的法国餐具里。于是我们家，从小吃年夜饭，是坐在八仙桌边，于法国盘子里吃的，绝色鸡汤不是盛在万寿无疆大汤盅里，一向是盛在法式腰子形的大汤盅里的。那套粉蓝的、贵气逼人的餐具，每一年，都让我爱到水深火热。长大一点，便问姆妈，哪里来的，那么成套的上等法国瓷？姆妈淡笑淡语，"文革"抄家物资，摆在旧货店里卖，就买回来了。还有你从小屋里穿的麂皮软底鞋，亦是这么来的。姆妈顿一顿，忽然讲，以后你出嫁，这套东西，给你陪嫁。长大以后，走遍地球，看过形形色色绝佳好瓷，统统都没有这一套来得稳妥清美。这便是，法兰西在我心里印下的幼韵。顺便说一句，也是很多年以后，才知道了，这种莫名娇柔的蓝，就是韦奇伍德蓝。

这个夏末，搬家一趟，每日晨起，怔忪抱着 nana，推门立在阳台上，迎面而来的，是东正教堂的一把洋葱头。教堂终日闭着门，偶然一日路过，门竟打开，看守教堂的保安师傅在搬他自己的自行车入教堂。赶紧趁隙站到门内，请保安师傅通融三分钟，让我看几眼。保安师傅倒是笑容可掬："有啥好看的，一个空荡荡的大房子。喂喂，立在这里看看就好了，不要往里走，有探头的你知道不知道。"再一日路过，看见紧闭的门上，贴着一封水费单子，心内颇震惊，上帝啊，原来，侬也要缴水费的啊。

说远了一点，从法兰西，开无轨电车说去了东正教堂。这一带，卖花人是几个中年男，不舍昼夜，推个自行车，流动来流动去，三点半在陕西路口，六点敲过在富民路口，十分地捉迷藏以及考验记忆和运气。写字女工实在没有这个智力跟卖花老男周旋，主动申请加了人家微信，以免黄昏时刻于街头流连盲购。如此的买花经验，想必天下少有的。某日暮色苍茫里，买了　抱百合，东晃西晃，十深巷内，瞥见一间窄小的面包房，隔间是十分草根的烤肉铺子，对门是乱腾腾的顺丰集散地，局促不安之中，兀自静静散发着法兰西光芒。走进去看看，吓了一跳，竟是一间无比像话的私人面包房，东西地道漂亮，满堂法兰西。"你们是新开的吗?"店员笑嘻嘻说，"开了一年了"。真真震惊和沮丧，家门口的铺子，竟然完整地不知道。从此以后，最美好，每日清晨，穿个拖鞋下楼 3 分钟，就可以买到他家刚刚出炉的羊角法棍七谷和橙皮巧克力腰果面包，跟巴黎日常无分伯仲了，而对面街口，洋溢着油条大饼粢饭团锅贴豆沙包的复杂的香，那是巴黎绝不会有的人间天堂一个角落。

法兰西跟上海，你侬我侬，究竟是如何一幅远兜远转迤逦而至的千年缘? 谁能好好告诉我?

◆ 背影

·天使、藕汀、盐城狮子头·

之一，汤沐海先生领衔的"音乐小天使"，岁暮庆祝十周年生日，于上海音乐厅。这是一个栽培本土音乐优才的慈善组织，十年来人才济济，蔚为大观。小天使之母蒋鸣月女士，一张粉润的观音脸，于节日之夜，熠熠生辉。蒋妈妈讲，这一夜，一定要来看，这些孩子，下一次再看他们，恐怕都是天价的了。当晚，与德安姐姐并肩坐，德安姐姐对这十年里的小天使们如数家珍，一个一个，看着孩子们，从10岁出头怯生生的小宝贝们，成长为此时此刻的才子佳人，初具绅士淑女的杳然风致，人人驰骋乐坛，虎虎生风，摘各种桂冠宛如探囊取物。

当晚的聆赏经验果然殊为独特，上台演奏格什温《F大调钢琴协奏曲》的吴优男小朋友，年仅13岁，小朋友一身小小的白色西装走上台来，台下一片啧啧叹奇，啊啊啊，莫扎特再世一般。小朋友家长刚好坐在我附近，年轻的爸爸姆妈bravo连声，激动不已。优男小朋友7岁开始跟随的钢琴导师陈巍岭先生，踌躇满志跟我讲，他的高徒，可以比这个弹得快一百倍都没有问题。啧啧啧啧，跟老友直抒胸臆："我不要听小朋友弹琴，我要听侬弹琴，darling很久没有弹琴给我听了。"我听过的陈巍岭的《梅菲斯特圆舞曲》和《茉莉花》，精彩绝伦绕梁三个月绝对是真的。老友一口应允，"明年就弹给侬听"。关于这个时间表，我很满意，还有两个礼拜就是明年了。

维瓦尔第《G小调双大提琴协奏曲》，两把大提琴，是前些年选拔栽培的两位小天使，如今小荷尖尖，明媚动人。台上两位青年俊彦，李拉和陈亦柏，呼吸酣畅，技法圆熟，真真美不胜收。

而维瓦尔第《B小调四重奏小提琴协奏曲》，本来是四把小提琴的，我们人才满堂，选了八把小提琴上台，一曲下来，真是气势逼人，过足念头，跟德安姐姐叹不胜叹。一整夜下来，深深觉得，我国最震撼的，还不是春运人潮雄冠地球，而是琴童人潮不可置信，那种密密麻麻不绝如缕前浪后浪层峦叠嶂，darling你如果亲眼目睹，一定叹为观止永生难忘。

之二，冬日午后，陪鲍卿先生母子，去岳阳医院看病。鲍先生是盲派命理大师，解读八字命盘，如庖丁解牛，绚烂精彩，无所不至。鲍先生小是难得的孝子，奉母至纯至孝，让我深为感动。鲍先生客气体贴，当日携了一册吴藕汀先生的《廿四节候图》和一套《十年鸿迹》给我，我们坐在医院一隅，缓缓聊天慢慢候诊。

夜里，于灯下细细翻看吴藕汀先生的《廿四节候图》，画好，诗好，印好，笔致饱满，浑朴天成，那种天真与劲拔的你来我往，绵密柔软，真真久违。吴藕汀先生半生隐居，不问世事，少有地未受尘世污染，自谓一辈子无非读史、填词、看戏、学画、玩印、吃酒、打牌、养猫、猜谜，十八个字度了一生光阴。

下午在医院里，鲍先生跟我讲，吴藕汀的《十年鸿迹》，多年来，是放在枕头旁边，常翻常新的。夜灯下细细回味这一句，何其动人。

枯燥熬人的候诊时间，变得如此津津有味，亦是岁暮晚冬里，难忘的一个折子。

之三，耶诞前夕，王梅博士请大家参观她家的悦达集团总部，然后于悦达自己的酒店内，请吃悦达的家乡菜，盐城菜。

陈忠人先生讲："我是去盐城参观过悦达集团的各种工厂的，顶顶想看的么，是悦达的汽车厂，结果么，最后一个才让我看见。第一个让我看的，是黛安芬，胸罩工厂。"众人莞尔。

听王梅博士讲，悦达的纺织工厂，是当年当地政府将一批凋零的老厂交给她的先夫胡友林先生，胡先生投资了欧洲设备，大幅度改造旧厂，才成如今模样。今天的现代化纺织厂，噪音降低，清洁无尘，高度自动化，生产优质床品。而悦达的汽车厂，生产的大型拖拉机，一个轮胎有一个半人的身高，全部出口欧美，看看这些拖拉机的照片，像童话一样梦幻可爱不真实。

而盐城菜，虽然桌上不乏资深吃客，众人却都是第一次遇见。丁景忠先生幼年，家里的饭师傅是扬州人，从小熟知扬州菜，对盐城菜却甚是新鲜。一小碗醉蟛蜞，真是盐城风致，王梅博士讲，盐城的海岸线漫长，小海鲜很多。盐城狮子头是红炖的，比扬州狮子头扎实浑厚。藕粉圆子烟韧香滑，别具一种风格。最后一小碗鱼汤面，是东台名物，王梅讲，她先夫其实是东台人，事业发达在盐城，这碗鱼汤面，是他的家乡滋味。鱼汤面滚烫浓郁，鲜不胜鲜，果然名不虚传。然后几位老食客，吃吃酒吵吵嘴，重点是葱油拌面的葱，是绿的好，还是黑的好。丁先生讲是绿的好，绿的香。陈先生讲："腰细垮了，哪能会是绿的好？肯定是黑的焦香。侬大概长远没吃葱油拌面了，葱的颜色都忘记了。"一桌子人人噤声，听两位老先生板起面孔吵嘴吵得一五一十。darling，人生暮年，还有良朋好友热闹拌嘴，无微不至推敲葱之品相风致，真真是前世修来的一宗至福。

· 上海滩，吃中饭 ·

十二月，阴寒漠漠的礼拜四。

一早起来，慢慢吃茶慢慢抱 nana，望望窗外梧桐飘零，想想黛玉焚稿，来不及忧郁症发作，楼下快递哇哇叫，戴个绒线帽罩住一头隔夜乱发，飞奔下楼，古非从杭州顺丰寄来的《朱蜕华典》，印谱集子，啧啧啧啧，如获至宝。回屋重新泡茶重新抱 nana，翻书翻得一个大头统统跌进书里去。Jack 在微信上讲，中午见，我才想起来，腰细了，礼拜四中午有个要紧的局。

Jack 于上海滩设的小宴，想起来，上海滩离开豫园不远，今年还一次都没去过豫园，哪里还像个上海人，不如顺脚晃过去兜个圈子。一兜么，东看西看，白相了10分钟，迟到了3分钟。反正我这个闲人，每天每天，最最痛恨时间不够用，还没有认真白相，天就暗下来了，一天的日子嗖地一下过完了。福佑路上拍拍照片，瞄两眼各项奇异物质，滔滔发急，在微信上哇啦哇啦，侬人呢？等我气喘吁吁奔到上海滩，一路桃红柳绿妖娆纷纷穿堂入室，Jack衣冠楚楚一面孔清癯地端坐等我，客座上的滔滔，白衬衫银灰暗花窄领带，春风满面，心情大好。啊啊啊，滔滔明天要飞东京，14天隔离，月底再飞回上海，14天隔离，一个月的折腾，跟壮举没两样。滔滔讲，"你们过圣诞过元旦的时候，我一个人关在宾馆里隔离"。Jack说，"等侬放出来，我请侬吃汪姐私房菜，吃蹄髈红烧肉"。同样经历过隔离生活的Jack，跟滔滔讨论了一会儿隔离的伙食，"黄浦区好一点，早饭有排骨年糕有咖啡的，我在长宁区，早饭只有豆浆茶叶蛋"。

　　上海滩的凉菜，一碟子脆皮咸鸡，做得精巧，没有泛滥成灾的鸡油，皮脆肉咸鲜，嗜鸡成瘾的滔滔赞不绝口。再一碟子黑松露布袋，素雅清俊。两碟凉菜，一荤一素，精到得不得了。Jack老克勒，名不虚传。Jack早年于阿根廷的布宜诺斯艾利斯，寄居十年之久，举手投足隐隐有南美风致，见惯各路人精的滔滔，对这位阿哥，服帖得不得了。Jack讲给我听，他们阿根廷人，活得开心，感冒生病，去看医生，医生拍拍病人，没事体，不要担心，不用吃药，回家吃块大一点的牛排就好了。阿根廷牛排嫩，跟日本人的和牛不一样，和牛肥，阿根廷牛不肥，照样嫩。跳跳探戈，天下太平。我问，格么，布宜诺斯艾利斯，气候好不好？Jack答，布宜诺斯艾利斯，西班牙文，就是好天气的意思。

今天的伴饭话题，蛮高级的，讲邮轮。滔滔前两年拥有过一个做邮轮生意的公司，与相关产业链上的各色人等关系密切。中国在 2010 年的时候，邮轮人口总数是 600 人次。到了 2018 年，侬晓得这个数字发展到多少？ 300 万人次。欧洲做到 300 万人次，用了整整六十年，中国用了区区八年。上海宝山，是世界第四大邮轮码头，亚洲绝对的第一，全世界的邮轮都跑到中国跑到宝山来。当时滔滔力排众议，招募了一个奇异人才沈君，沈君的手里，有一个奇异的资源，5000 多名上海老阿姨，半万的老阿姨，实在深不可测。邮轮生意兴隆的前几年，今晚邮轮启航出发，当天早晨，邮轮公司会将没有卖掉的舱位，统统倾销给沈君，仅仅收取他一人 880 元的费用。沈君的本事，是早上拿到舱位，他可以在当天晚上邮轮出发之前，将这些剩余舱位，以一人 1099 元的疯狂低价，倾销给他名单上的上海老阿姨们，这批老阿姨都是随时可以拉个箱子就登上邮轮泛海一个礼拜的伟大游客。

Jack 听得大为惊奇，天，这么多上海老阿姨坐邮轮啊。

滔滔马上安慰阿哥，这种邮轮，就是一个礼拜的航程，从上海去日本、韩国、中国台湾，一个礼拜跑一遍。这种邮轮在上海卖得最好。而长途的邮轮，46 天的航程那种，上海一年只卖得出去 6000 人次。后来韩国和中国台湾都不去了，一趟一个礼拜的邮轮，只去日本一个国家，上海老阿姨不喜欢了。出去坐一趟邮轮，只去了一个国家，回来跳广场舞的时候，没办法跟舞伴豁胖，格多少致命伤？乃么滞销了。疫情再一来，邮轮生意全军覆没。

　　沈君这位人才，手握着半万的上海老阿姨，却没有了邮轮生意可做，时间一长，这笔资源可能就消散了。如何始终笼络住这半万的上海老阿姨，成为沈君巨大的课题。此人绝对是奇才，跑去类似于淮海路明亮邨的人家，跟人家谈生意："我每天下午两点到三点，给你弄 300 个老阿姨，在你门口排队好不好？条件是，你家的东西，卖给我们名单上的老阿姨，一律打六折。"明亮邨当然乐不可支，人山人海求之不得。而沈君，并不再跟明亮邨收钱，而是跟周边的店家收钱，浩浩荡荡老阿姨 300 枚，不会只买明亮邨一家的东西，肯定会周围荡荡马路，东看西看，买点吃点，带旺消费。滔滔跟我讲到这里，问我："关键是什么知道吗？关键是，打六折卖给老阿姨的东西，必须是跟她们家的晚饭有关系的，下午两点到三点，老阿姨们午觉睏好，出来混，混好回家就是烧晚饭。为了满足老阿姨们的需求，我让我的总经理，急调了一批龙虾伊面来卖，我们清酒馆里的獭祭清酒，老阿姨不会喜欢的，49 元的龙虾伊面她们喜欢的，回家热一热，就是晚饭桌上一道大菜了。还有一个关键，这些空降老阿姨的店，必须是在公共交通容易到达的地方。"

　　我的天，上海滩还有如此风生水起的生意经，葱烧辽参辉煌上桌，简直相形失了色。老中青三代上海人，葱烧辽参里，都热爱添一小勺醋，人人一个埋头，双目朦胧，好味得来，尤其是如此阴寒天气，沸火滚烫的一盅辽参落肚，补煞人。再抬头，望见浦江对岸成排摩天楼，于薄阴轻雾的天气里，隐隐闪烁着银光。Jack 回忆 20 世纪 80 年代到虹桥，造太阳广场，一片荒野，浦东更不要谈了。短短三十几年，弹指一挥间，浦东已经清水芙蓉，出落得如此挺拔俊秀，傲视全球，而虹桥地标的太阳广场，亦已经是三十年楼龄的老楼王了。沧海桑田，人间真是快马一鞭子。

　　Jack 七十，滔滔六十，二位老兄，都是与上海改革开放同步奔跑过的人杰，无巧不巧的是，Jack 和他的团队打造的太阳广场，与滔滔奋斗过整整十年的世贸商城，于虹桥，真的是背贴背，用滔滔的话讲，我后门开出去就是太阳广场啊。而这两位，居然就擦肩而过了半辈子，从来没有机会认识过。然后两人一边吃着生煎馒头，一边齐心协力痛骂了户田三句半，都怪户田，怎么不早一点介绍我们认识？缘分这个事情，时间不到，总是枉然，哪能怪户田？

　　一讲两讲，讲到八佰伴，两位人杰都曾与和田一夫过从甚密，都曾是和田于日本热海寓所的座上客，滔滔还是和田先生的翻译，陪同和田在中国的几乎所有行动。滔滔手机里翻出一枚旧照片："侬看看，这个是和田当年在中国，中方的陪同班子，一排，八个人，结棍结棍。"

讲起和田一个细节，蛮可玩味。"当年和田到北京，领导要接见，领导一接见，CCTV 晚间新闻必要报道。怎么给和田定性定位，如何跟领导讲、如何跟全国人民讲？开始是想说，和田的八佰伴，是日本最大的百货公司，和田不同意，说不是的。我们去查资料，一查才发现，八佰伴在日本，连一百位之内都排不进去，那这个说法就要放弃，不能乱讲。大家绞尽脑汁，不知道怎么办。有天罗京跟我们一起开会，无意当中提到《阿信》，《阿信》是不是以和田一夫母亲为原型创作的电视剧？我去问和田，一问才知道，主人公阿信的原型，是七个日本女人合起来的，和田的母亲只是其中的七分之一。我问和田，能不能就讲母亲大人就是阿信的原型。事情来了，和田的母亲不同意，坚决不同意这样讲，她说她是大小姐出身，从来没有这么辛苦过，坚决不肯。一直到和田母子飞到北京，老太太还是不同意。那天是和田进房间，关起门来跟老太太谈私房心，谈了很久，出来，老太太同意了。"我问滔滔，和田谈了些什么？滔滔说，他也不知道。总之，从此以后，八佰伴和田一夫的母亲，就是阿信的原型，这个说法，就这样说起来了。

饭后甜点是一盏黑芝麻汤圆，秀秀两丸，点到即止。深心佩服 Jack 点菜功力精致，无一句废话，无一碟不精，并且分量刚刚好，满分中的满分。

宴阑人散，各奔前程，相约滔滔隔离期满，我们汪姐私房菜见一，黑木见二。

◆ 执子之手

·暮春的笋豆、燕皮、小脚粽·

之一，暮春天气，乍暖还寒。一天一地的深黑细雨，落得人心灰意冷。上海四月的天气，一早起来，仍是不离手地抱着个温吞热水袋，困兽一般，在屋里坐立不安团团转。于如此的困境里，德安姐姐微信发来：一大早的，刚得了友人手制的老东西，快给我地址，递给你。

我识趣，一赶紧给地址，二绝口不问是什么，蠢蠢一问，破尽德安姐姐的绵绵细密心思，那是多么万恶的巨呆。思想不久之前的春宵，跟德安姐姐并肩立在南昌路一栋苍苍老洋楼上，细软夜风里，蹀遍阳台长廊角角落落，身后垂帘门内，是华宴余兴，美人嘤呖婉转，不胜凄凉的别姬楚歌。一字一句隐隐听来，深觉岁月亦如虞姬，一个转身，毫无商量余地，凌厉得发疯。那栋堂皇老洋楼，妄图整旧如旧，可惜，土豪手笔，终究是遍地的细节破绽。跟德安姐姐小声笑叹，看看，这砖，哪一块，是对的？姐姐黯然无语，神色里，一片清晖般的肃穆。

黄昏，快递雨淋淋地送来了姐姐的小包裹。手制的老东西，竟是一袋子笋脯豆豆，酱色饱满，甘香俊美，柜子里拣出一枚豆青老碟子，盛了，跟包子一起，于震耳欲聋的英国摇滚里，一粒一粒，细嚼慢咽。真的想不起来了，上一次，是谁，做给我吃，这样古老的零嘴？

夜里枕上，说给德安姐姐，谢谢 darling 疼爱。

之二，艳闪电到埠，快来快去，眼花缭乱，一个错身，就真的错过了。等我安定诸事回过神来，艳已经闪回了洛杉矶。微信里，不胜惆怅地望望伊，妃色娇软的薄薄春衫，一双细臂，绞在胸前，神态婉媚，欲说还休。艳是福建女子，泡茶手势的的妖娆。最记得，台风过境的黑雨夜，于黯淡老楼上，喝伊断断续续泡了一夜的茶。那一夜的稠人广座，喧阗热闹，我都不甚记得了，惟一记得崭新的，是艳的静，伊于人丛里，只是静得不着痕迹，乱花飞渡，一一都是于无声处的绝赞。

隔日，仿佛神来之笔，忽然收到艳快递来的福建土产，同利燕皮，惊喜泛滥成灾。问伊，怎么会？艳说，拜托故乡小表妹办的。完了，跟一句，这是福州顶好的特产了。

百年老店的手工燕皮，切细了，落到沸腾腾的好汤里，下一点细春笋，再下一点绿芦笋，双笋伴一燕，清凛细美，真真至味一盅。

之三，暮春初夏，雨水浑多，日复一日，挥之不去。于如此乌苏缠绵的日子，最是适合掩紧门窗，不问天下事，不动人世情地，默默吃点腌渍食物，黯黯淡淡，灭尽火气，便亦长日永昼，荡气回肠。

翻出友人给的一碟子秘制酱瓜，一玻璃罐子甜酒腐乳，炖点白粥，妄图享享青天白日福。腰细的是，赤手空拳，跟只腐乳玻璃罐子，搏斗了半半日，弄到一身细汗透衣，依然无力打得开，眼睁睁，百般无法可想。微信里，跟友人絮絮鸣冤，伊人远在天涯，如何救得了我这里的水深火热？最后还是请邻居老男人搭手相帮，才算解困消愁。

甜酒腐乳软媚无度，浓郁得杀人。秘制酱瓜深邃幽怨，一根筋直入心灵死角。两件粥菜，一黑一白，一软一脆，倒是真真绝配的。一边亦想起，哪年哪月哪本闲书上，读到过，陈年菜脯炖鸡汤，仿佛是，八九十年的成精菜脯，炖成的鸡汤，据说黑美得灵魂出窍。看完掩卷长长叹息，如此岁月锤炼的美馔，要吃得到，大概要修个几辈子才能得逞。

之四，雨歇，燕子来，拎出一串伊姆妈裹的美貌粽子，我这种天下一品的亲粽分子，一见之下，满脸堆欢。小脚粽啊，多少年不曾吃到过了。如今市面上买得到的，大多是浑朴雄壮的三角粽四角粽，一枚比一枚肥硕，大汉一般，轰隆隆结实得难以吃完。不晓得为什么，闺秀尺寸的小脚粽，似乎总是不容易买到了呢？夜里月浅灯深，在闲书堆里打滚消磨到中宵，忍不住起身，添茶回灯，蒸了燕子姆妈的小脚粽来消夜。热腾腾剥开，那么香软，玲珑，盈盈一握，楚楚可怜，性感得心旌荡漾，说句文艺的，真真是此时相对一忘言。这一夜，小脚肉肉粽，细细一枚，慢慢吃完，分量尺度，样样妥帖刚刚好，如此饱足睡去，剩床头一碗残茶，无论如何，这一个良宵，一缕茶烟透碧纱。

隔日微信里，跟燕子长叹短叹，感恩伊母女，不知做了多少好吃的，喂我喂包子。好几回，吃到太赞的私房东西，十分贪心和担心，下一回，明年此时，还吃不吃得到。燕子总是落胆一句，darling 放心，我有得吃，侬就有得吃。

·酒肉和尚煨冬瓜盅·

之一

晚清三大日记之一的《湘绮楼日记》，王闿运写的，250万字，巨幅流水账，古老繁花体，日常翻翻，非常好看和耐看。王闿运一生名士，做过肃顺的家庭教师，入过曾国藩的幕帷，当过袁世凯的国史馆馆长，还是老木匠齐白石的恩师。王先生一辈子不怎么得志，倒是正统的读书人，有一代儒宗的名头，笔下十分了得，胸怀亦十分了得。因为是日记，篇章碎短，随时随地拿起来，都可以读得满口余香。再来么，王先生私生活也扎实，一妻一妾，妻子梦缇是湘潭人，姜六云是广东人，能唱善厨。王先生的日记里，一边写抄《庄子》、点读宋史，一边亦写妻妾相骂，以及吃包子吃汤饼吃羊肉面吃粉蒸鱼翅吃熊掌。

1869年，同治八年，2月11日，这日的日记仅一行半。

　　雨，寒，某某来，闻李少荃已至鄂督任矣。鄂，
中流之重镇，若得雅望镇之，从容持威，其地绝胜。

　　听说李鸿章已经到湖北去做地方长官了。湖北武昌是长江中游的重镇，如果有个高级人才做地方官，从容持威，那个地方啊，赞透了。从容持威四个字，真漂亮绝顶。男人做领袖，做到这个地步，格么天花板了。

　　同一年，8月16日，阴天，儿子写了一篇《桂赋》，歌咏桂花的小文字，写得蛮好，王先生喜形于色，"未知能常如此否"，不知道儿子是不是能够经常写得这么好。然后说，看看自己小时候写的诗，比今年写的，好得多了，少年时候专心致志，如今远远不如了。然后王先生接下来写了几句有意思的：

　　凡谓文章老成者，格局或老，才思定减。杜子美
则不然，子美本无才思故也。学问则老定胜少，少时
可笑处殊多。

　　稍稍翻译一下，王先生讲，人家都说文章老成，年纪越老，文章越佳，其实并非如此，文章格局是老成了，才思却不如年轻时候。不过杜甫倒是例外的，杜甫本来没有什么才思，吼吼吼，看到这里笑一会儿。至于学问呢，一定是年老胜过年少，

年少时候，可笑的地方就太多了。

痛快淋漓，王先生结棍的，日记是要满载私货才好看的。

之二

礼拜六晴阳哄暖，随便抓本书，步去隔壁意大利小馆子吃早午餐。进门张看一眼，桌子上的大盘菜，嗯嗯嗯，好多好多蔬菜水果，盆满钵满，胃口大开。谢谢天，家门口的这家小馆子，周末早午餐，肯勤奋煮很多蔬菜，花样十足，诚意十足，不像本城九成九的早午餐，真空包装打开倒在盘子上就拿出来了。意大利厨师胖得至少有我三倍的体重，表扬伊菜做得好做得漂亮，意大利胖胖高兴得眉飞色舞，把每一盘蔬菜的作法，详详细细科普了我一遍，真受用。

带的书，《养小录》，清代顾仲写的，好看好看。

香椿切细，烈日晒干，磨粉。煎豆腐时入一撮，不见椿而香。此时此刻，正是香椿上市的时节，椿香撩人。

只用菠菜根，略晒，微盐揉腌，梅卤稍润，入瓶。取出来吃的时候，色红可爱。这个碟子，想想亦是色眯眯的巧馔，还高度符合环保概念，符合可持续思想。

蚕豆嫩苗，或油炒，或汤焯拌食，俱佳。清炒蚕豆嫩苗，闻所未闻，食所未食，想吃的。

再来一个煨冬瓜法，老冬瓜一个，切下顶盖半寸许，去瓢子，净。以猪肉或鸡鸭，或羊肉，用好酒、酱、香料、美汁调和，贮满瓜腹，竹签三四根，将瓜盖签牢。然后是把冬瓜竖放在灰堆里，窝到瓜腰以上，取灶内灰火，埋过瓜顶，煨一个时辰，闻香取出。切去瓜皮，层层切下，供食。内馔外瓜，皆美味也。

这是一款冬瓜盅，不是清蒸的，是灶灰慢慢煨出来的，当然好味。作者最后跟了一句：酒肉山僧，作此受用。意思是，山寺里的酒肉和尚，常做煨冬瓜吃。

酒肉和尚好像很擅长煨菜，拿烧残的蜡烛头，集一罐子，煨一铫子樱桃肉，煨足一夜，啧啧，嫣然喷香，樱桃红版的佛跳墙。

· 小姐是鲫鱼，姨太太是鳊鱼 ·

前日于名豪私书房浏览了半日饮食书籍，书架上巧遇陈存仁、王亭之们的薄薄册子，这票前辈，腹笥宽敞，笔致潇洒，年轻时候我是埋头翻得烂熟的，多年没有再看，回家不免翻箱倒柜，寻出来重新过瘾。

翻箱子半途，翻到高阳，亦是一支健笔能笔。高阳以小说驰名天下，我的阅读心得却是，高阳只要不写小说，几乎写什么都好极，一写小说，就差一点。所以我读高阳小说，注意力都在他的闲笔上，而高阳的杂文，真是爽口好看。

不偏题不走远，录几笔高阳写食。

羊腰或猪腰，连膜煮酥，剥去外膜切片。另用核桃去皮捣烂，拌腰片下锅用小火炒；至核桃油渗入腰子，加香料、陈酒、秋油炒干，说是"味之美，熊掌不足拟也"。

这一笔，高阳自陈，是从一册明人笔记的残卷里看来的。前辈读书厉害，望尘莫及。

吃鸭子，家鸭不足为贵，需用野鸭；野鸭又必须用罗网生擒者，宰杀去毛极净，用五香、甜酱、秋油、陈酒灌入鸭腹、缝好；外用新出锅的腐衣包裹，上笼蒸得极烂，去腐衣、施刀工，自颈至腿，节节开解，抽去骨头，鸭头鸭脚如旧，保持完整的形状。然后在蒸鸭所流出的原汁中，再加五香、甜酱、陈酒等作料，鸭肉用极小的火煨干上桌。凡是野味需要保留其脂肪者，皆不妨用腐衣包裹而蒸，则脂不漏而腴。

古人讲食，花在鸭子身上的笔墨，比花在鸡身上的，多得太多了。可惜，如今的食客，少有懂得的。

老饕杀馋，好肥腻之物，最受人欢迎的是蒸鳗及无骨刀鱼。鳗要肥大肚白，名为"粉腹"。去肠及头尾，寸切为段，用盐略腌，排列瓷罐中，上加酒酿，隔水炖开，加好酱油再炖。看脊骨透出于肉，就罐中用镊子钳去其骨。然后用葱花撮拌洁白猪油，厚铺其上，以盖没鳗鱼为度，上笼蒸到猪油尽融，即可供客。

这罐东西，看看想想都杀馋极了。

无骨刀鱼的制法，与蒸鳗大同小异，取极大而新鲜的刀鱼，由背上剖开，全其头而连其腹；然后和酒酿隔水炖热，抽去脊骨，镊去细刺，合拢仍为一条整鱼。用葱、椒盐拌熟猪油厚盖其面，蒸熟原器上食，鲜而无骨，细润为酥。刀鱼味至美，独嫌多刺，所以此一制法最需讲究的是，刺要去得净。

　　"鱼尾羹"是我杜撰的名称。选大青鱼断尾，煮熟，取出劈作细丝，抽去尾骨，和笋丝、蕈丝、紫菜做羹；或用藕粉薄芡，加胡椒、米醋，略如醋椒鱼汤的做法，酒后一盂，神思爽然。

　　高阳录下的这盂醒酒鱼尾羹，很像徐鹤峰大师的云海翻腾，去年于吴江宾馆惊艳得不得了。

　　高阳写江南的鱼，闲笔来了。

　　江南说评书的爱说荤笑话，以鱼来譬喻各种身份不同的女人，小姐是鲫鱼，肉嫩而鲜，但多刺，吃得不小心会卡喉咙。"私门头"是黄鱼，滋味不坏，只是有些腥气。姨太太是鳊鱼，"睏下来大"。语噱而虐，却有至理。

·茶楼，换糖，伦教糕，以及裁缝司务·

鲍卿先生前些日子，给了我一点吴藕汀先生的字和画，一翻就翻上了瘾，将藕老的东西，尽力地寻了来，刚好天寒地冻，适宜读书晒太阳。藕老的松和糯，真是一流的，这样君子如玉的灵魂和笔致，不大再会有了。

之一

1939 年的春天，画兴非常阑珊，真可算得是难得动笔。每天早晨，不过怡园去吃碗早茶。虽然我不大喜欢吸纸烟，还是要买一包美丽牌放在身边，除了自己瞎呼呼外，还可以请请客。怡园在中街上，是一家普通的茶馆，二楼二底，生意倒也很好。尤其是早上米商聚集的时候，今天米的市价，不要打听，随处可以听到。这时我最接近的有韩竹笙先生，他在望吴桥开设韩同德鞋子店，很喜欢着象棋，不过是一员平庸的将官。还有擅唱老旦的昆曲老前辈陆桐甫先生，是我姑丈蓉甫先生的胞弟，我也随着文谦表兄叫他全伯伯。别人说他如何如何，和我倒很话得来。卖花阿三的长生果糕，我也是常主顾，又甜又腻，很有回想的意味。恰园里比较熟的茶客，茶钱积下来，喜欢还的时候还。他们在扶梯边放了一只小桌子，挂上一本账簿，茶客吃好了茶，自己在账簿上名下写上一壶或几壶，倘若今天忘了，明天补上。高兴还账，自己算一算，付款勾销，重新再起。这种凭诚信的君子式的方法，确是"恰园"的特点，在别处是没有见到过。

如此的日子，过得真真从容，吃吃茶，着着棋，与昆曲前辈度度曲，和着酽茶咽两块甜腻不可挡的糕点，茶钱高兴时付一付，啧啧。这是1939年的日常吗？真令人惘然。

之二

随便在街头巷尾，穷乡僻处，都有换糖担子的踪迹。

听老辈里讲，换糖担子，在太平天国失败后的二三十年里，做得很好的生意。这些曾经做"夜搬家"
的人家，搬了城镇上豪门富户的箱笼物件，很多是他
们从没有见过的东西，抛在屋里，后来那些妇女小儿
就拿出来换糖吃，其中金银翠玉、书画古玩都有。因
此，换糖的人做了面团团的富家翁，并不在少数。到
了1968年，那时的换糖担子，完全改变了旧时的面
貌。虽然要换的东西仍旧这样，他的担上已没有了麦
芽糖，换了粒子糖、山楂、椒盐陈皮和尼龙带子了。

我住的新乐路上，每条细弄堂内，日日有人骑了小摩托车，
风雨无阻不厌其烦地穿梭，一边播放着字正腔圆的收购录音，
从红木家具、老旗袍到领袖像章、九子盘，碰巧遇上，也在后
门口闲话两句，店铺开在哪里？城隍庙里。阿姐，有没有红木
家生卖？

之三

我在幼年到将近20岁时，在夏秋天气里，家中经
常去上海买来一种乳白透明的粉糕，虽然不十分甜，
但是我很欢喜吃，何况价钱不贵，是热天吃的合宜的
食品，它的名称叫作伦教糕。它的制作起源于广东顺

德县的伦教镇，所以有这伦教糕的名称。鲁迅的著作中也提及了"桂花白糖伦教糕"和"玫瑰白糖伦教糕"。我已近四十年没有吃到这一喜爱的食品了。有时也经常谈起，现在已经很少有人能够知道什么伦教糕了。只有一次在杭州茅廊巷王氏寓所，其中有一位房东老阿太，她深知伦教糕之味，说起来头头是道。因为她出身是苏州卖花的人家，自然是见多识广，不同他人。

伦教糕，上海人亦称白糖糕，识味者，似乎今日亦极有限，肯做的店家更是稀有。可贵是可贵在用物极其平素，滋味却极不平庸，那种温和润濡，充分氤氲着粉糕的清华，令人一咽难忘。只是实在价廉，无人肯做。藕老句中，有趣在苏州卖花人家老阿太，见多识广，堪比今天的跨国公司销售总监。

之四

做裁衣的何司务，名胜寿，在我家进出大概有三十多年了。我还在刚刚懂得人事，就看见他不是来裁衣裳拿回去做，就是做好了送来。一来总是一天或半日，手里捧着水烟壶，煤头纸一根根地燃烧，一句一句讲他的闲话，这时恐怕也已四十来岁的人了。

我出生的衣服，就是他做的，所以我长大了，衣服仍然都是他做。他已经做得很熟，并不要用尺来量，只要看一看，就可以裁剪。并且样子总是很好，我的庶母常常这样称赞他。因为他出入都是大户，身上衣裳也很像样，总是缎子马褂、湖绉长衫，勿晓得还要当他小绅士哩。平时喜欢打麻将，还喜欢看戏文，不要说是戏院里，就是城郊有春台戏，他一定要歇起了工作来躬逢其盛。

我在十七八岁的时候，常常剪了衣料，到他家里去看他裁衣服，他家里常常有几个"客司"在帮做，他的妻子也会踏缝纫机的。他也知道我喜欢看戏，故而一边裁，一边总是讲些这次文明戏园的赵庆廷这样，新兴舞台的刘荣萱那样；董吉瑞的《伐子都》这样好，筱福楼的《九江口》那样好。不过在我面前，从来没有讲到过赌钱。后来他年纪一天天老了，新式的花样已经追不上摩登的要求，未免困蹶了起来。

我将要结婚，所有的衣服想叫别家去做，一则因他已失去了接受这桩生意的能力，二则恐防女宅不称心。他知道了这个消息，就赶来找我，说我从小毛头的衣裳做起，做到了长大，连结婚的衣裳还做不着，觉得很难过。并且说一定要做，就是请了客司，赔了本也要做。看他老人家的脸上，有些气愤，我就安慰了他，决定把全部的衣服给他去做，撇开了人家说的不放心的顾虑。拿到了女宅，果然对于式样方面有了意见。等我内子过了门，我说明了原委，她倒并不介意，反而把较次的衣服，仍然交给他去做。虽然不是做什么君子，总算也不忘其旧。八一三，日本人的飞机光顾了嘉兴，他就逃到乡下去了。后来我打听得，知道他住在硖石，从此就没有了他的消息，久而久之，想起来早已不在人世了。

我从小，家里亦是一年请两次裁缝司务到家里来做四季衣衫，那些日子，是非常柔软喜乐的。一是喜欢看老司务一针一线，另一是家里端整给裁缝司务的茶饭点心，总是比寻常日子给我们小孩子的，要优一点。裁缝司务做到老，基本上都是地道的人精，这种人，我已经有四十年不遇了。至今，仍然喜欢抱着衣料，在角角落落里，寻觅隐藏深深的各色裁缝司务，有商有量，做两件衣衫穿穿。

◆ 傍晚华山路上的夏朵西餐厅

◆ 冬日华山路

◆ 初春的海格园

◆ 华山路海格园

◆ 绿树成荫

· 荤粉皮 ·

秋日午后，赴苏州，专为鼎膳·匠宴的一席蟹宴。

主人家心思落足，菜单一字一句，全副手工写在泥金扇面上。坐稳，先一二三四数数字，一共 19 道菜，跟左肩的刀刀，啧啧不已。

冷碟子，冻秃黄油葱油饼，秃黄油冻食，覆一层鱼子酱，一种疑似鹅肝的口感，配滚热的、棋子大小的葱油饼，很曼妙。略略可惜，是今年天气冷不下来，秃黄油犹不够肥。其他五个冷碟子，色香味形，无不妖娆，于传统的苏帮菜里，翻出一种一种的新花样。比如花椒卤水大闸蟹，于通常熟醉蟹的基调上，微调一点花椒滋味，从偏甜，走向不偏甜，有意思的。

汤馔是藏心蟹粉鱼羊鲜，苏州人其实很能食羊，鱼羊鲜汤，滚得白腻，极细的青蒜嫩叶，载浮载沉一枚娇柔鱼丸，鱼丸咬破一点点，流出来的是溏心的蟹粉，口感娇滴滴、浓馥馥，几乎比肩宁波汤团。更上一层楼的话，可以把鱼丸治得略小一码，免得一汤食完，已经惘怅地半饱了。只是，这个缩小一码，就更考手艺了。

热肴十道，一大盘子蟹粉荤粉皮，完全惊艳了我，这道美馔，在书上读过很多年、很多遍，绝对是读一遍，馋一回，却至今从来没有机会见识过。

粉皮，是江南的一种家常便宜食物，绿豆制的，粉白润滑，荤素两相宜，好像没有人不喜欢。北方称凉粉，东西是异曲同工的，江南的妙，是妙在一个皮字上，轻薄，而且柔腻，令人想入非非。粉皮宜滚鱼头汤，宜滚红烧羊肉，亦适合添把豆芽凉拌拌，或者青咸菜小小炖个滚热，成为雪菜粉皮这种讨喜家常菜。轰然起来，比如到了蟹季节，一盘子蟹粉粉皮，也是绝对华美的。总之，粉皮这个东西，非常百搭，从来不会难吃。

荤粉皮呢，是几十年前，于高阳先生的小说里读到的，一见难忘。高阳先生写的《红楼梦断》，一部不输给正经《红楼梦》的杰作，里面女一号，震二奶奶，不是琏二奶奶王熙凤、胜似琏二奶奶王熙凤，那么一个女人。某个深夜，震二奶奶请她的暧昧表叔李鼎吃宵夜。说是可没有什么好东西请你，桌上摆了四个冷碟子：紫酱色的醉蟹，艳如胭脂的宣威火腿，淡黄色的椒盐杏仁，色白如雪平滑软腻的薄片，这个碟子就是震二奶奶嘴里的荤粉皮，这位震二奶奶，还让李鼎猜枚枚子，究竟是什么东西，鼎老爷当然猜不出。

不说穿的话，乍一眼看过去，这个荤粉皮，跟一碟子凉拌粉皮确实可以乱真。其实，这个碟子，是取了甲鱼的裙边，煨透了，弄成的。浅浅一碟子荤粉皮，要费多少枚甲鱼，需要垂头深思了。

这样子奢靡的菜，寻常人家是绝不会弄的，太败家了，不是吃得起吃不起的问题，是家里教养有问题了。好人家的饮食，讲究是讲究的，却绝到不了奢靡的地步。荤粉皮这种菜，是江南堂子里才吃得到的东西，无非红倌人讨好恩客的细馔一路，难怪如今是要失传的。而震二奶奶也就是夜深人静的深闺里，为了取悦情郎，潜心弄那么小小一碟而已。

今晚居然在锦秋温暖蟹宴上，邂逅如此美物，实在惊艳不已。而且，今夜这一碟，可不是震二奶奶那么一个小碟子，而是煌煌一大盘，主人家跟我讲，是费了四枚四斤大甲鱼而得。实在是、实在是，太惊艳了。

再说一句，荤粉皮的名字，亦真是取得好，一副家常小菜的派头，素描淡写，举重若轻，带一点江南的噱，半唇的笑意。亦只有古人能取出如此聪明漂亮的名字来，搁到今天依试试看，不是镶金就是嵌玉，一定是要把富贵，隆重抖落给你看见了才罢休的。细细一个碟子，藏着江南多少水深。

蟹宴食完，连夜返回上海，抵家已是深夜。舌底、身上，犹有一股香水一般的蟹香袅袅，挥之不去。这是用了真正的好蟹的缘故，记得童年家里食蟹，那股蟹香，可以袅娜至少一个昼夜不去，小孩子都要拿牙膏洗一遍手，睡觉时候，手上才没有蟹味道。这种天香，久违了，如今的蟹，大多是没有这种透骨之香的。

　　顺便说一句，回家的路上，听了一遍《胡笳十八拍》，窦唯和史依弘的，食完蟹宴，听一路，真是绝色的夜归。

◆ 岁月真是好东西

· 旧茶馆，樱笋厨，马后桃花马前雪 ·

　　礼拜五，牙齿疼，粒米不能进。蛮好蛮好，闭门不用出，翻翻闲书，听听唱片，看几集《浴血黑帮》，独自提前小年夜。可叹的是，闲书堆栈了半榻，拣来拣去，读得下去的，还是吴藕汀先生的文字。

　　藕老写家乡嘉兴的一间老茶馆，东园，建于1932年，卖茶两人一壶，或一人一杯，都是18铜元，银元价合6分，营业时间早上四五点至晚上九十点，日夜替班供应。每天卖茶两三千壶上下。看到这里，已经让人眼热不已，煌煌上海滩，这样的好去处，恐怕是难觅的。接着写了一段窗明几净冬暖夏凉，自不必说，倘有江湖卖艺，唱戏讨钱，由店家酌量付钱，不许在堂内干扰茶客的情绪。于是妇女也成了座上之客，打破了嘉兴人历来妇女不上茶馆的习惯。最是使人觉得与其他的茶馆不同，因有女客，准备了孩童高椅，还有女工帮助洗衲烘干，不受小费，表示好客之忱。海底捞要自叹弗如，结棍结棍。藕老写，

"不要以为我是嘉兴人"，说得太好，其实确如此。像这样的茶馆，就是江南比较精良的"下有苏杭"也寻不出来。温润暖融的乡土中国，多么、多么好。

藕老写一远亲，潘静渊先生，1947年秋天，静渊先生虽已年逾古稀，仍有度曲之兴，相邀曲友去他的梅西草堂。"是日同去的曲友甚多，从午后开锣，除了夜宴，直唱到黄昏过后才息。潘家住宅很大，虽然已经在战火中烧去了一些。我约略一转，见有一间房屋，说可放置一万多石谷物。听说从前因为宅子大，为防盗贼，通宵有人打更，巡逻守夜，确是一个标准的土豪门庭。酒筵待客，非常丰富，鱼翅海参鸡鸭虾蟹之类，既多且佳。地方风味，除羊肉、鳗鲡等我不吃外，饱尝了喜欢吃的猪油夹沙八宝饭和走油膻。过了半夜，又被拖起来，吃拆骨鸡肉面，一大碗，鸡肉多于面。"乡土中国乡土中国，乡下老地主们，唱唱昆曲，吃吃猪油夹沙八宝饭，好日子都是糯的甜的，天上人间简直是粪土。darling，这个还是被读书人百般瞧不上的土豪lifestyle，要是肚子里再读点书进去，啧啧，这些中国旧男人，还不知要如何璀璨成精。

又写一篇美人蛏，"丽姬自古声名艳，是乍浦的小海鲜，嘉兴当地的绍兴酒店里，也算是时新的佳肴。先用滚水烫过，然后加葱姜细末，和糟、麻、酱油拌食"。藕老说他25岁之前时常吃得到，现在想来，已经是三十多年没有见过它的一面。这句写得有意思，不说多年没有吃过，是多年没有见过一面，真拿伊当美人。最后，藕老来了一句，真是"马后桃花马前雪，教人那得不回头"，一句古人的出关诗，信手拈来，一点点不吃力，真好气象也。记得金宇澄前两年画过这幅版画，微信里，跟金宇澄齐心协力翻淘了一歇，找出来了。

再来一篇写立夏的，"呖呖莺声溜的圆，夏日第一天，立夏也。古时嘉兴，立夏日烧春一壶，盘设青梅、朱樱、海蛳、醉笋、粉团等物，为吃立夏，古所谓樱笋厨也"。寥寥几笔，写尽山川风物，妍妍秀秀，媚不可挡。如今的顶级大厨，摆这么一盘，恐怕不会摆得很像，倒不是盘子不好、樱桃笋子不好，而是难有那种静谧，青青红红粉粉，无限艳丽里，仍然有一层一层的静谧端庄。然后藕老写：嘉兴工场里，尚有吃苋菜之惯例，凡是泥木石等作坊，吃立夏酒的菜肴里，必须要有苋菜，因为这时的苋菜最嫩，价钱昂贵。这天吃了以后，到了不值钱的时候，坊主仍可常用此菜，工人也不会有意见。否则在这一年里，就不允许吃苋菜了。倘然立夏日买不到苋菜，每桌可放一碗铜钱，由他们去分配，也做替代尝新。这样一来，就并无二话了。这段里，好看的是，一碗铜钱，乡下的青花粗瓷大碗，扑扑满一碗铜钱，啧啧，简直入画，金宇澄怎么没有画一幅？

· 清福 ·

之一，岁暮隆冬，无所事事，周末晃去菜场买菜。

上海的菜场，一向算得上十分好白相。我城四季分明，江海通达，于是鲜蔬瓜菜，层出不穷，南货北货，济济一堂。闲闲买点小菜，轻易便晃去一个半个时辰。

这个时节，荠菜亦野，豆苗亦甜，冬笋细嫩富饶，年糕白腻软糯，件件都是无比的好。那个做春卷皮子的摊子，看多少眼，都觉得神乎其技，每趟路过，必是立住了脚，看中年妇人手起鹘落制两枚皮子，恨不得跟伊脱帽致敬一下。

卖私房鸭蛋的老婆婆，皱着一张沧桑老脸，一声不吭缩在角落里，自有相熟老客人山长水远一路迢迢寻了来，寒暄再三，然后携了美貌鸭蛋走。

酒铺子里累得层层叠叠的酒坛子，最是深沉。十年二十年陈的大坛子黄酒，盖子一掀，香得人举步维艰。加饭香雪，喷喷，——都是国富民强、来历扎实的好名字。每趟来，买菜之前，先弯过来拎两斤十八年太雕。

很爱这一路的人间烟火，陌路红尘，用胡兰成的笔法来写，叫作无限潇湘。

这日菜场里新添了一间小铺子，卖红酒的，不是论瓶卖，非常异想天开，是零拷。大木桶上装个小小的水龙头，拧开来，拷到客人自携的瓶子里，18元一斤，对啊，称斤两卖，跟零拷黄酒一个意思。立在铺子跟前，真是觉得天地俊明，宽敞得不得了，人间还有如此崭新生意经，走遍地球，第一次知道。

老板娘甜腻腻劝过来："要不要拷半斤试试看？阿拉客人都讲货真价实，格算得不得了。智利进口红酒，不骗侬。红酒不欢喜，阿拉白酒也有，或者红白各半斤弄点尝尝味道？"在老板娘百般相劝之下，还真的零拷了一斤白酒回家，夜饭煮巴斯克炖鸡给包子。

darling，如此的海派，你感动不感动？

之二，转弯转弯再转弯，辗转就邂逅了一枚瑞士人，近两米的身量，在日式馆子里吃东西，举手抬头，略一伸展就碰了天花板，真真小苦难。伊在上海寄居两年，是瑞士某著名手表的制表师傅。格么，制表师傅，在上海做什么营生？人家到了上海，主要是修表，外加保养维护。一只表大拆大卸，五脏六腑摊开来，一点一点再装回去，呵呵，跟拆装一枚小型飞机似的。很好奇，一天能够修几只瑞士表呢？瑞士男正正颜色："你怎么会这么想？我一个礼拜，撑死了，顶多顶多，就能修一只了。"据说，春节前后业务繁忙，公司刚从瑞士急调了四名高手增补上海市场。我听得弹眼落睛好奇心旺盛："格么格么，darling瑞士男，侬平日里，戴什么手表呢？"伊伸伸腕子给我看，"我们自家的牌子，太贵了，戴不起的。劳力士，这个还可以戴戴"。人家一面孔的诚挚，倒真的不是炫耀和"凡尔赛"。

之三，风雨如晦、阴寒漠漠的天气，日子过得满地泥泞，乌苏连绵。沈洁轻描淡写，讲，"不要紧的，darling别出来了，我去浦东寻侬"。一忽儿，不沾轻尘地，从闹市静安寺，飘来了碧云乡下。

酒店黄澄澄的温暖灯火下，我们饮一点西式奶茶，讲讲闲话与废话。一眼一眼，不住眼地细看眼前的沈洁，45岁的年纪，楚楚一枚鹅蛋脸，干净得不着一斑岁月痕迹，哪里像坐四望五的沧桑女子？人家谦谦道："我是半辈子没多少成就的，跟人争跟人抢的事，一向是做不来，亦就平平到今天。"我说哪里，这么干净一枚脸，是darling半生最高成就。沈洁是经历过大悲苦的女子，人生重峦叠嶂一步一步跋涉到中年，仍能一脸清秀不惹微尘，真真少见的。我亦真是爱看见，如此清美的妇人。临别，捧给我几盒子薏米，"德国姑妈带来的家常东西，好爱的，分给darling一点"。

那个薏米，日日晨起，一点糯米一点薏米，复添一把枣肉，熬一小锅粥，香滑软腻得，筋酥骨软，一天里，无论遇多少恶人恶事，都没了脾气。

一枚秀致美妇人，一碗清腻薏米粥，谢谢天，拯救多少阴寒蚀骨的枯荒日子。

之四，年节下，Allan 有心，托友人，辗转带来一砖崇明糕。客气讲，darling 啊，年节里，大概遇你不见，就带点家乡东西给你过节了。Allan 崇明人，留美名校精英，金融界奔进奔出，这些于我，都不算什么，顶难得，是伊一点福肠慧心。年节里，辗辗转转，递来一砖家乡米糕。比拎一条冷冰冰的爱马仕围巾来，有体温得多。

米糕递到手里，吓了我一跳，巨巨巨大的一砖，裹得严严的，真真绵密极了。崇明糕亦是吃过无数的，这一砖，大概是家里过年自己蒸的，竟扎实得，根本切不下刀子去。只好烦请包子小伙子动手。如此壮丁，居然亦是咬牙切齿，才切得了那米糕。粗粗条，下酒酿，落红枣，轻煮几滚，香甜得杀人。

之五，友人从浦西来，电话里问，正在国际饭店附近晃："darling 想念什么小零嘴？赶紧讲了，顺手顺路办过去。"亦就不客气，指名道姓："银丝卷银丝卷，烦 darling 带一盒子来救济乡下人民。"

银丝卷，热腾腾地蒸起来，摆个三五枚细碟子，玫瑰腐乳酱，甜酒腐乳酱，等等，沾了松暄繁复的银丝卷来吃，真真亦清亦美，曼妙口福。至今没弄明白，这满腔的银丝，究竟是如何卷起来的？

· 黑木的晚饭 ·

去黑木吃饭。

饭前立在黑木门口，苏州河边的暮色苍苍里，打几个电话给我想念的人们，喜欢于晚饭之前，把一天里需要打的电话，一个一个打完。电话里，问候晨昏起居，问候节日快乐。这种边边角角的小事情，他日想起来，都是一滴泪。

进门与女将京子寒暄，黑木的这位绝色女将，真的是气骨清如秋水。坐下饮第一杯茶，突然想明白了一件事。Annie 跟我讲，侬写了那么多上海老男人，何妨也写写上海女人？跟Annie 讲，男人比较好写，女人难写。至于难写在哪里，当时我自己也未曾想明白。今晚再见京子的一刹那，想通了。肝胆煦若春风的男人中老年，于上海，还能遇见一二；气骨清如秋水的女人中老年，放眼上海，真的是绝无仅有，就算我立志想写，不知要从哪里下笔？

这个月黑木的菜单，姗姗入秋。重阳滋味，菊花点染。我城此时此刻，一城桂子香满。日本少见金木樨，低头抬头，莫不菊花清妍。桂花浓，菊花淡，风致各具，想想蛮有意思。

坐在板前，看由水师傅在眼前处理海鳗刺身，薄刀细切，还罢了，由水师傅将一切四四方方的海鳗，断成四份，分置两碟刺身盘中，奇怪他每次分，都不是一二与三四那么平分，必定是一三与二四那么斜对着分。看了几遍，不免开口询问。由水拿出大片海鳗给我看，海鳗剖开，两边必有一点不匀，如果一二与三四分，两位客人，必有多寡之别。如果一三与二四分，对客人就公平一点。听完，除了啧啧，没办法开口。

当晚最迷人，是一锅菌菇焖饭，菌菇是云南的，用得极奢侈，一碗盏饭端上来，香得优雅，各种菌菇于饭内，贡献层次繁复的口感，尤其是昂贵的金耳，软糯香滑，妙不可言。跟由水赞叹，由水很开心，说，菌菇是先拿牛油炒过的。嗯嗯，中国人做菜，亦是明白，烹素菜必要动用荤油，从家庭主妇，到顶级大厨，都暗暗知道。

黑木有个小碟子，每次必让我一举崩溃，那个四种酱菜的小碟子。由水看我那么颠倒，优待我，拿了第二碟给我。其中一切极脆嫩极清甜的糖醋渍姜，真真圆融完美。由水说，嫩姜弄干净了，先要浸在薄盐水里一个星期，然后才浸渍在糖醋中。我叹，薄盐水竟要浸一个礼拜。由水说，darling 啊，这个是秘诀啊。翻译给身边饭伴听，饭伴江阴人，说："幼年时候，家里外婆都会糖醋渍姜，那种姜，我们那里叫生姜芋头，其实就是洋姜。"可惜，洋姜这个东西，日本人由水，没见过也没听过更没吃过，下次去黑木，我打算带一点给他尝尝。

当晚另一位饭伴，是舟山女子，由水一听舟山，顿时激动，舟山海鲜名动四海，日本厨师大概很容易心向往之。慢慢讲起来，舟山人冬至时节吃带鱼，以为一年之中最是肥美；由水说日本人吃带鱼都是夏天啊，真真冰火两极。舟山女子说："由水由水，你来舟山，带你去渔船上看海鲜。我们舟山人，吃海鲜吃了一辈子，只有三种想法，一清蒸二红烧三晒干，晒干之后，还是一清蒸二红烧，我想看看你们日本厨师会不会有新想法。"由水听完，摸出手机扫舟山女子的微信，彼此热切轧档期、排高铁。

当晚最后一个小碟子，是细细一枚栗子蛋糕，应景应季，微微一座蒙布朗。蛋糕制得细巧，甜得层峦叠嶂密密麻麻，西洋果子里，有个东洋精灵在跳舞。我是如此地喜欢，那种复杂的甜。

× 上海的人 ×

· 上海杨家 ·

之一

岁月这个东西，很多时候，真不是东西。看骑鹤人来，吹箫人去，岁月向来不动声色。花悲花喜，人啼人笑，吃力的，是人世，岁月总是事不关己，一尘不惊动。与杨家往还将近二十年，杨家的佳宴，不知吃了多少回，今天终于的终于，能够凝神写一点杨家的前尘往事。darling，历史其实并不遥远，区区一百年，不过弹指一挥间，然而，很多往事，竟然已经杳然了。

杨衍泰、曹晓晴伉俪，我称杨先生阿泰，称杨夫人小姐姐。杨家高居四楼，每次去玩，爬到三楼，已听见小姐姐在楼上倚门唤我，担心我气喘力竭爬不上去。小姐姐娇小玲珑，有飞燕姿。我也算是小个子女子，不过跟小姐姐立在一起，无端就成了壮汉。小姐姐的父亲曹用平先生，是海上名笔，宗吴昌硕，一笔紫藤独步当今。小姐姐的聪明伶俐无所不能，挪用蒋中正先生赞誉宋美龄的说法，夫人一人，可抵二十个陆军师。格么，一个小姐姐，真真可抵十万大兵。阿泰容颜宽宏仁厚，外貌看过去，一无世家子弟的娇骄习气，无论如何，看不出这是个那么能玩的男人。

　　杨家是集合了两套房子打通成了一体，我至今没有能力搞明白每个房间的因由曲折来龙去脉，只觉房间套着房间，层层叠叠，幽深得不得了，满屋子，都是阿泰的收藏，中西瓷器、亚非拉各路木雕、中国书画、外国相机、古董手表，无所不玩，无所不精。杨家每一寸，皆纤尘不染，精致精洁无比，而奇异的是，物物堆砌得顶天立地，似乎连个落脚的地方都难觅，而杨家每间屋，安坐下来，却仍觉绰绰有余，安逸自在，并不觉得挤迫。那日午后，我们坐的一间会客室，摆满丹麦与西班牙的人物瓷器，雍容活泼，清雅高华，十分耐看。细想想，是有原因的，老东西们在一起，沉静安详，不吵不闹，气场宽宏大量，人在其中，天地舒泰，怡然自得。不像新东西，一堆砌，便很多挣扎，直指人心的兵气，令人坐立不安。那日晚饭之前，转去客厅，细细端详墙上一幅石鼓文，王个簃先生写的"鹰击长空，鱼翔浅底"，高古浑厚，苍苍莽莽，真真难得一见，边看边与阿泰叹叹，小姐姐过来揽着我肩，讲，屋里厢，墙壁上一共有一百多只钉子，挂满物事。这对恩爱夫妻，听得我笑煞了。

暖场完毕，来讲杨家。

阿泰的父亲杨庆簪先生，1902 年生，广东中山人，杨家贴隔壁邻居，是民国第一家的孙家，国父孙中山先生家。孙杨两家于翠亨村世代为邻，孙中山先生的长子孙科，也是孙中山先生唯一的儿子，孙中山先生与原配夫人卢慕贞的儿子，曾经延请杨庆簪掌管孙家事务，从私人信件往还，到一家财务地产经营，全盘交付杨庆簪管理，杨庆簪还是孙科的两个儿子孙志平、孙志强的家庭教师。杨庆簪 1927 年留学美国夏威夷大学，学成回国，1934 年起，杨庆簪常驻上海，为孙科掌管家族事务，孙科时任国民政府的立法院院长。1949 年，杨庆簪任国民政府上海交易所监理员。1947 年出生的阿泰回忆："当时太年幼，不太懂事，觉得父亲很有钱，家里好东西太多太多，只知道父亲做的是金融方面的工作，具体做什么工作，我们兄弟都讲不清楚。1949 年，我母亲带着孩子们，从香港坐飞机回上海，在飞机上，遇到我父亲的部下，父亲的部下们竭力劝阻母亲不要回上海，但是母亲心意坚定，说，'我的丈夫在上海，我要带孩子们回去'。我们一家最终在上海团圆。母亲 1920 年出生的，比父亲小一折，父母亲都属猴子，两只猴子。"

杨庆簪陈金英夫妇育有一女五子，五龙一凤，阿泰讲："小时候听姆妈讲的，从前的人，互相问起来，不是问你家有多少房子多少地多少铜钿，是问侬有几个儿子。不过我们家五条龙

◆ 杨庆簪陈金英夫妇

不算什么，最珍贵是我大姐姐那一枚凤，父母爱若珍宝，从 4 岁开始培养姐姐弹钢琴，一直到进入中央乐团成为钢琴家。"如今，杨家五龙一凤都健在，三位在美国，两位在澳门，一位在上海。六枚手足，至今每年聚会一次，从世界各地，聚集到一条邮轮上，慢慢泛海，徜徉晨昏，共度美好夕阳。而于邮轮起居中，兄弟们讲得最多的，总是父母往事。

　　"我爸爸，有很多不可思议的旧事情。"阿泰领我到另一间屋，指着一个顶天立地的玻璃柜子，"从前家里有四五个这样的玻璃柜子，塞满一盒子一盒子的印章，统统是陈巨来刻给我爸爸的，齐白石刻的也有。陈巨来给人家刻印，受印人辑录成印谱的，好像只有我爸爸，这部《盍斋藏印》陈蒙安作序，陈巨来作跋，家里现在还有几册。前几日，陈巨来的外孙孙君辉来，讲要出版陈巨来的印谱，想借去用用，就拿去了。我爸爸也不是吴湖帆、张大千、溥心畲、叶恭绰那样的书画大家，为何会有那么巨量的陈巨来的印章，如今已经成了一谜，谁也不知道了。1949 年以后家里困难，爸爸响应国家号召，辗转去了山东枣庄，开始在工厂里工作，还有 28 元工资，后来成了反革命，被捕入狱，上海家里六个孩子要读书，要养活，我母亲只有 60 元工资，无法可想，只能靠典当度日。淮海路华亭路口，上方花园那里，那时候有家旧货店，金门，我母亲通过家里的老佣人，不知卖出去多少东西，印章我姆妈卖得最多，都是挑

◆ 杨家父子

田黄卖，卖得出价钱，到 80 年代，剩下的大多是象牙章子了，从前象牙不值钱，跟现在不一样。"听阿泰这样讲，想起来前些年，听君辉兄讲起过，阿泰曾经拿着个饼干盒子，装了满满一盒子的印章，陈巨来刻给阿泰父亲的章子，去找君辉，跟君辉讲："侬外公刻的，侬要不要？送给侬吧。"我当时听了，大为震惊，阿泰哪里来的，那么多的陈巨来，阿泰搞什么搞，这样一盒子一盒子地送人。阿泰指着玻璃柜子给我看，最上面一层，还有几册旧书，"这是我爸爸从前读的书，晚年在家里，除了抽烟斗，喝高粱酒，就是看这些书，跟我们讲讲书里的东西"。我踮脚仔细看，是《二十四史》内的零散几册。阿泰讲到这里，不胜哽咽，小姐姐赶紧奔过来："伊想爸爸了，想爸爸了。"小姐姐接过话头，跟我讲："80 年代，南伶饭店 50 元可以吃烤鸭了，有回陪爸爸出去吃饭，第一次听爸爸跟人家客人讲英文，吓一跳，原来爸爸英文好得不得了，从来没听他讲过。爸爸一肚子好学问，一点用武之地都没有，唯一一次拿出来用用，是用在给我女儿取名字上。我女儿取名，要用个有宝盖头的字，在纸上写了十七八个宝盖头，婉、宛、安、宝、宁，爸爸来了，拿笔啪一圈，圈了个安字，国泰民安，安字好。爸爸是泰，女儿是安。爸爸那一肚子好学问，还有一个用处，就是写信，晚年写了很多的长信，给子女，给故交，信写得好得不得了，可惜，现在都没有了。"

"我从小到大，从来没有听我爸爸讲过一个字孙科家里的事情，从来不讲。我以为是我年幼，可能爸爸讲过我不记得了，兄弟姊妹们碰头，问哥哥姐姐，也说从来没有听到爸爸讲过。我自己年纪大了，才懂得，爸爸的这种严谨，老派人的道义。倒是我姆妈会讲几句，姆妈讲的，都是跟爸爸出去的风光排场，爸爸姆妈和孙科一起去南京，飞机上下来，机场上是有乐队的，等等。"

"爸爸骑马，马术很精。"小姐姐从隔壁房间，抱了一册老照相簿来给我看，黑白照片里，杨庆簪先生华貌堂堂，英姿勃发，胯下一匹黑骏马，虽然是年代久远的漫漶旧照，依然浓浓透出马蹄初热横鞭指顾的气概万千，真真优雅极了。缓缓往后翻阅，杨庆簪先生打猎的照片，亦是精彩焕发。阿泰讲，"爸爸欢喜打猎，侬看看，照片里，打了那么肥的物"。小姐姐笑，"乃么拎转去要想办法吃了，爸爸顶欢喜，就是吃，伊拉广东人啊"。阿泰讲："爸爸欢喜打猎，手臂因为打猎受过伤，伸出来，一臂长一臂短，长短手，常常引我们孩子笑。50年代，我有一日放学回家，看到家里来了好多人，都是穿制服的，来收我爸爸的猎枪和子弹，爸爸有好几杆猎枪，双筒猎枪都有，火力很凶猛的猎枪。1949年以后，私人不能拥枪弹，这个事情稽查得很严，我还藏着当年收缴枪弹的签字记录，这份东西很重要，姆妈关照我一定要藏好，以后再有人来查，有字据，才讲

◆ 中年杨庆簪

得清楚。"

"阿拉广东人，爸爸就是喜欢吃，喜欢吃鱼、吃活货、吃新鲜物事，红烧的东西，从来没看见过，碰都不碰的，我大哥至今不吃红烧的东西。爸爸有时候还喜欢自己在家里做复杂的广东菜，八宝鸭、冬瓜盅，冬瓜盅上头，要自己雕花的，厨房里弄得一天世界。那时候的八宝鸭，真叫好吃，鸭子里酿的，都是好东西，现在的八宝鸭，不能比的。

"爸爸吃酒是千杯不醉的，我一点都没有遗传到，吃半杯酒，面孔就红了。爸爸常常是一早起床，就开始吃高粱酒，黄酒白酒混了吃，晚年吃得比较多的，是虎骨木瓜酒，我到现在还藏着一瓶。一整日，爸爸烟斗是不离手的，抽烟斗抽得，满房间香。晚上临睡之前，抽一支香烟清清口，总归是中华牌香烟。爸爸的烟斗，都是我替他通、替他整顿，每天的日课。"

孙科的二夫人蓝妮，苗族富豪之女，人称苗王公主，1902年出生于澳门蓝家，姿容妍美，身世坎坷，当年活跃于上海与南京，堪称民国头号奇女子。杨庆簪先生为孙科理家，与蓝妮交往深厚。1986年，北京举办孙中山先生诞辰120周年纪念活动，长年定居美国的蓝妮应邀到北京出席活动，活动结束，蓝妮要求到上海小住，想见的人，就是杨庆簪先生。阿泰讲："那个时候，我爸爸腿脚已经不良于行，'文革'中留下的病，蓝妮住在锦江饭店，锦江门口那段台阶，我把爸爸背上去的，爸爸和蓝妮，讲了一整夜的话。后来，蓝妮给邓颖超写信，回来上海定居，请政府发还她在上海的玫瑰别墅。以前整个玫瑰别墅一条弄堂都是她的，现在政府只还给她一栋给她自己居住。蓝妮住回玫瑰别墅之后，每到周末，爸爸总是叫我买好鲜鱼活虾，踏脚踏车，给蓝妮送去，终身如此，爸爸自己倒是没有去过。为了玫瑰别墅发还的案子，爸爸做了很多交涉。"小姐姐拿给我看一纸，是蓝妮亲笔写的，写给上海市委统战部，用的锦江饭店的信笺："杨庆簪先生自少与先夫孙科家人子侄同乡暨同学，犹如家人，杨先生自 1935 年起至解放前，是孙科秘书，情况属实，特此证明。"署名是孙蓝妮，1987 年 4 月 21 日。顺便说一句，蓝妮还有个名动公卿的前女婿，名叫骆家辉。

那日聊天聊到天黑，于杨家吃晚饭，小姐姐煮得一手好菜，我是很久没有吃家里饭菜了，有点热泪盈眶。小姐姐问我："今年年夜饭侬在哪里吃？"我因为独自生活，知己友人们，都知道我的年夜饭大多漂泊无定，小姐姐讲，今年先预定好，来这里吃，讲好了哦。

之二

新霜飞骤，嫩寒翦翦。孟冬的午后，坐在杨家清阴的窗下，捧杯热茶，尚未开言，心里蓦然跳上来两句：

屈指花开落，二百年春。

晚清词人咏古梅的清冽句子，与此时此刻，仿佛切切押韵，合辙极了。

杨家往事，继续娓娓。

"爸爸一辈子，最喜欢三件事，骑马、打猎、吃酒。有一年，快要过年了，临近大年夜，爸爸和朋友们去打猎，一部汽车四个人，大雪天里，从上海开到天目山脚下。开车的司机，是开飞机的技师，水平很高。天黑了，就在山脚下找了户客栈借宿一晚。奇异的是，临近除夕，这户客栈非但没有张红挂彩的吉庆模样，反而满屋子垂着白幔，原来是老板家里刚刚死了人，才办完丧事。一夜无话，第二日晨起，四个人开车出去打猎，司机着了魔一般，把车子开得飞快，如飞机一般地快，一个冲动，车子冲进结冰的湖塘里，车里四个人，当场死了三个，只有我爸爸，轻伤，手臂骨折，拣了一命。回来后，在上海的大华医院住院一个多月，爸爸的长短手臂，就是手臂骨折手术后留下的。"都说大难不死，必有后福，阿泰淡然一笑："爸爸1949年之后，42岁之后的半辈子，有什么后福？夹头吃足吃足。不过换个脑筋，我想想，爸爸姆妈后半辈子的福，大概就是辛辛苦苦把我们六个孩子养大成人，一家人平平安安在人间，

◆ 晚年杨庆簪

这个就是人生的至福了。"

"我们兄弟姊妹，从来没有听爸爸讲过一句人生牢骚，爸爸一声不响，无论天地乾坤如何巨变，始终欢颜蔼蔼，笑容可掬，政府政策要哪能就哪能，从容接受，默默改造，完全没有挣扎和抵抗。我现在想想，实在不明白，爸爸哪能做到的。'文革'后期，爸爸在山东枣庄，以反革命罪被捕，罪证是爸爸在毛泽东逝世期间，吃过鸡。爸爸关在监狱里，我们兄弟姐妹在上海四处奔走，替爸爸洗刷莫名之罪。最后，二哥和弟弟去山东监狱带爸爸回家，爸爸在狱中看见儿子们，惊奇地问，你们怎么来了？一副准备在狱中过完余生的安详泰然。儿子们多少年之后提起这一节，依然唏嘘不已。

"爸爸晚年吃吃酒，看看宋史明史，每天吃过晚饭，跟我们讲讲史书里读到的故事，讲到要紧处，还天真烂漫卖只关子，明朝再讲。爸爸那种彻彻底底的看透看淡，大约跟他的饱读史书有关系吧，江山朝代，睡龙醒龙，总不过如此而已。儒衣僧帽道人鞋，天下青山骨可埋。当年豪侠，五陵裘马，不过是弹指之间灰飞烟灭的事情罢了。一个高官厚禄、人生锦绣的男人，于鼎盛春秋的 40 岁刚刚出头，想通想透这些事情，需要多少智慧才办得到？

"爸爸喜欢骑马，40 年代在上海，爸爸在虹口租了一片地，养马，请了一位白俄哥萨克女骑师训练骑术，当时虹口还是荒野。这些骑马的照片，都是在虹口那个骑马场里照的。爸爸爱搜集猎枪，每个孩子都留好了一统，放在家里的陈列柜里，很多年。一直到政府收缴枪弹，不允许私人拥枪弹，爸爸搜集的这些猎枪，全部缴了出去。爸爸还爱搜集烟斗，搜集名酒。'文革'过去后，爸爸从山东回来，全靠我大哥奉养爸爸，那个时候大哥已经去了香港，爸爸想要什么，大哥就寄什么回来，烟斗烟丝这些，全都是大哥孝敬爸爸的。爸爸跟我们兄弟姊妹讲得最多的一句，兄弟睦，家之肥，还写过这样一幅字。我们兄弟姊妹六个，没有辜负爸爸，至今亲密无间，远在美国澳门的哥哥姐姐弟弟，每隔一日，都要通通电话的。每年亦必要聚会一次，杨家的五龙一凤，一起坐一趟邮轮，船上朝夕相处，大家讲得最多的，总是爸爸姆妈的往事。

"爸爸大姆妈12岁，整整一扎，都属猴子，爸爸大概是年长姆妈比较多，诸事都顺顺姆妈，样样依伊。爸爸信基督教，小时候读的教会学校，学校有三个名额，可以留学美国，爸爸读书出类拔萃，考取名额，留学夏威夷大学。姆妈信佛，外婆是吃长素的，姆妈是初一十五吃素，这些，爸爸都依姆妈，从来没有不开心过。我小时候，暑假是被姆妈送去外婆家里过的，开心得不得了，开心到开学了，不肯回家，哭得伤心，姨妈苦劝安慰我，开学了，回家去上学读书，礼拜天我再接侬来白相就是了。外婆家在八仙桥，一栋石库门房子，这栋房子一直健

◆ 晚年陈金英

在，一直到80年代拆迁，经历多少大事小事，这栋房子始终如有神助，一直没有被毁被瓜分，完完整整，是外婆家里的。外婆人好是好得来，这样的人，再也没有了。"阿泰感慨到此，小姐姐坐过来，讲："外婆漂亮，雪白粉嫩，像牛奶里洗出来的一样。外婆记家里的流水账，是用毛笔记的，我看不懂的，里面有三角的，划两划，代表啥，我看不懂的。外婆跟姆妈讲闲话，我们小孩子在旁边听听，讲到大人们不想让小孩子听的话题，外婆和姆妈就开始讲她们家乡的土话，我就一句都听不懂了。小时候每个礼拜姆妈回娘家，总归会挑一个孩子带了一起去，总是在老四老五老六三个孩子里挑一个，我们这三个孩子，每个礼拜，像摸彩一样，都希望姆妈挑中自己，去外婆家里玩。"

"外公是沙申地产公司的会计，我们小孩子去玩，外公常常准备好崭新的钞票，2角的、1元的，拿给我们孩子们，我们拿到了，当然舍不得用的，夹在书本里珍藏。外公也是一声不响的人，从前的人，都是不太响的。外公集邮，有很多民国的邮票。石库门房子有个天井，外公喜欢在天井里养鸟，养金鱼，养山水盆景，外公养金鱼的鱼虫，都是我去帮外公买回来的。外公任职的那家地产公司，拥有的产业之一，就是锦江饭店，当年外公的公司好像每个月都会在锦江饭店开游园会，外公常带了我去白相，非常非常开心的记忆，我印象很深的。"

跟阿泰感慨，从前的男人，真会白相，样样白相得有滋有味富裕从容。阿泰讲："是啊，我们小时候，跟了爸爸白相，养信鸽，鸽子放出去，兄弟们爬在晒台上，等信鸽回来，然后马上打电话回信鸽协会，报时间、报编号，眼巴巴希望自己的鸽子得奖。夜里熬夜不睏觉，看家里养的热带鱼，孵出小鱼来。爸爸还喜欢养兰花，宝贝得不得了，最好的顶级紫砂花盆，搬进搬出，十几盆。爸爸晚年在家里，给姆妈弄了一台录音机，不少广东粤剧的戏，磁带，让姆妈听听戏。我看见爸爸拿毛笔，把戏的唱词都抄下来给姆妈看，有《昭君出塞》《桃花扇》《蔡文姬》。我白天去上班了，晚上回家，看见爸爸抄的这些戏文，一字一句，工工整整，我到现在还珍藏着。"小姐姐讲："爸爸还喜欢拍照片，日常在家里没啥事体，也是穿得笔笔挺的。爸爸的太阳眼镜潮泛，在屋子里，没太阳也要戴一副太阳眼镜的，爸爸多少漂亮。当然了，顶顶喜欢么，还是吃，伊拉广东人，那个吃啊。吃新鲜的鱼，是第一要紧，清蒸蒸，红烧的东西，看也没看见过，从来不吃的。"我插嘴问了一句："爸爸那么要吃，在山东枣庄那么多年，怎么过来的啊？"阿泰闻言，默默了久久。

"爸爸好像是算过命，八字里的讲究，一生不能跟房产有关系，所以我们杨家从来不置业，不买房子，一直是租房子住。先是住在乌鲁木齐路，后来搬去永嘉路。乌鲁木齐路是一栋大屋，很宽敞，当时家里人口繁盛，六个孩子，一人一位乳母，还有

昭君出塞（粤劇）

（唱子規啼）我今独抱琵琶望，盡把衷音訴，

嘆息别故鄉。悲歌一曲寄声入漢邦，話短却

情長，家國最難忘，悲後愴，此身入朔方。嘆。

悲声低訴漢女念漢邦。（唱乙反二王）一回頭

處，心傷，身在胡边心在漢，只有那彤雲白雪，

比得我皎潔心腸，此後君等莫朝関外看，白

雲浮恨影，黃土竟埋香。（唱乙反二王）莫尚王

嬌生死況，最是耐人凭吊，就是塞外一抹斜

陽。怕听那驚鳥悲鳴，一笛胡笳掩却了琵琶声

一頁

◆ 杨庆簪晚年手抄的粤剧唱词

替爸爸做事情的佣人。到后来，慢慢都遣退了，只留下一位女佣，带最小的弟弟。家里房子大，一部分也分租给人家，叶恭绰的太太、上官云珠，都曾是我家的房客。叶太太租的，是我家底楼朝南的一个大间，原来是我们的饭厅，有地毯有暖气，每天早上我们孩子们下楼吃早饭，佣人替我们一人一份都是分好的，肉松、花生米之类，再下去几格楼梯是厨房，巨大的厨房。就是这间饭厅，租给了叶太太，我们小孩子都叫她叶伯母。老太太一头白发，很精致，头是一直摇的。叶伯母屋里，满堂红木家什，精得不得了。叶伯母还租了我家一个亭子间，当储藏室，每年春秋两次，要拿亭子间里的东西翻出来晒太阳，我记得，最多的是两样东西，一样是书画，另一样是皮衣。"阿泰跟我啧啧："现在想想，叶伯母那些东西，精是精得来，统统是好物事，当年我太小，不懂。这些东西，如今不知去了哪里？"阿泰还记得一件往事："每年到开学时候，六个孩子的学费要交，爸爸在山东枣庄，只有一点点工钱。学校是可以申请减免学费，不过我姆妈从来没有申请过。每年到开学时候，姆妈为了凑齐所有孩子的学费，就要拿家里东西出去卖掉，跑去外婆家，跟外公挪一点。而每年此时，叶伯母也都会给我姆妈钱，知道我姆妈困难不过，帮帮我姆妈，帮我们孩子开学读书。"

"我家六个兄弟姊妹，出了两个艺术家，一个是姐姐杨镜钏。姐姐是爸爸姆妈的珍宝，从小 4 岁开始弹钢琴，上海音乐学院附小、附中一路读上去，1964 年音乐学院毕业，师从李翠贞先生，进入中央乐团成为钢琴家。我从小在家里，就是听姐姐弹琴练琴，大热天汗水汤汤滴，姐姐从来不到弄堂里白相一歇歇，从来没有的。我小学里写过一篇作文，被老师在班级里读出来的，就是写我姐姐练琴有多少用功。冬天，我们几个孩子帮姆妈做事情，手上会生冻疮，我跟姐姐讲，姐姐侬这双手，千万千万不能生冻疮的，太珍贵了。姐姐确实是完全不懂家务琐事，至今连什么叫水烧开了，都不明白的。家里姐姐的钢琴，'文革'当中，被贴了封条封起来了。有日殷承宗来我家里，看见钢琴，一把就把封条扯掉了，吓了我一跳，当年谁敢撕掉封条啊？伊不管，扯掉封条，站在那里就弹起琴来，我立了旁边，啧啧，结棍结棍，到底是男的，弹起琴来，力拔山兮，地动山摇，连琴都在震动。我姐姐后来去了美国，成为波士顿著名的钢琴教师，在姐姐门下求学的钢琴学子，排队排两个月都轮不上。我偶然帮老朋友的孩子插个队，被老友感激不尽。姐姐教出的学生，黎卓宇（George Li），2015 年获得莫斯科柴可夫斯基国际钢琴比赛的第二名，现在已经从哈佛大学毕业，被认为是同龄钢琴家中最优秀的人才之一。另一位学生陆逸轩（Eric Lu），2015 年获得华沙萧邦国际钢琴比赛的第四名，2018 年获得英国利兹国际钢琴比赛的冠军，已毕业于柯蒂斯音乐学院。这两位学生，都是从 6 岁至 13 岁，由我姐姐开蒙教导，学习弹琴的。

　　"另一个是我大哥杨衍泽，从小喜欢画画，在市西中学读书时，参加了市少年宫的绘画班，高中毕业考取上海美术专科学校雕塑系，师从张充仁先生，大哥毕业后，分配在上海中国画院油画雕塑创作室。经过磨炼，大哥在那个时期，创作了几件颇受好评的作品。大哥1979年移居香港，90年代，大哥移民去了美国。大哥为人真诚、谦和，结识不少上海文艺界的朋友。其中，郑念女士的女儿郑梅萍，与大哥是永嘉路二小的同学，大哥比郑梅萍高一班。他们是志趣相投的知己挚友，时常一起看画展，到郑家听唱片、翻画册、看照片，郑梅萍去世时，年仅24岁，大哥特地从香港赶回上海参加她的葬礼。事后，郑念移居美国华盛顿，她是从小看着我大哥长大的，知悉大哥的为人，在美国，郑念有事都会找我大哥商量。我大哥多少年来，每个礼拜必定开车一个多小时，去看望郑念一两次，陪伴她吃饭，去超市买东西，浏览博物馆，看场电影。"

　　从前的温柔敦厚，从前的静水深流，代代传承，绵绵不已，如今安在哉？

　　问阿泰："杨家子女，这么有艺术天赋，是不是跟父母基因有关系？"阿泰讲："可能的，我小时候，看见爸爸画水粉画的，家里饭厅里，挂着爸爸的水粉作品。我二哥，学英语的，大学里教英文的，现在在美国，退休了，每天在家画肖像，无师自通，画得好，非常畅销，很厉害。"

◆ 杨家的全家福

　　阿泰自己，1947年出生的，青年时代，恐怕没有多少机会学习艺术，然而身体里杨家的艺术基因，依然顽强，看看阿泰府上惊人的收藏，就知道了。

　　有一年，杨家手足们于邮轮上聚首，讲起来，父亲的庆字，我们的衍字，我们子女的斯字，三辈之下，后面是什么字了？大家都说不清楚，庆衍斯，后面是什么字？奇巧不过的是，去年，阿泰在相熟的古董商人的微信朋友圈里，看见一幅木雕的床楣，台州那里的，正中一幅木雕，庆衍斯螽，四字。阿泰看见的时候，已经是晚上了，赶紧联络古董商，人家告诉他，东西已经卖掉了。阿泰跟他讲："我想要中间这幅字，麻烦侬跟人家商量商量，能不能把中间这一幅匀给我？其他部分我不要。人家多少钱买了你的，钞票统统我来出，不要他花钱，送给他，就是请他把这四个字匀给我，行不行？"事情一说就说成了，这幅木雕，现在悬在阿泰家的客厅里，庆衍斯螽，多子多孙的意思，语出《诗经》。

　　天暗下来，我们聊天的半日里，小姐姐还分身跑去医院了一趟，给入院的母亲送饭去。小姐姐回来，给我们看手机里的照片："看看我姆妈，103岁，没啥事体，就是一点点感冒发寒热。"阿泰家和小姐姐家，两家的父母，都高寿。阿泰的外婆和姆妈，都是无疾而终，外婆92岁，姆妈96岁。小姐姐拿给我看姆妈90岁生日时候的照片，姆妈干净漂亮，栩栩如生，毫无九旬老人的暮气，啧啧。

那日于杨家吃晚饭，贤惠能干的小姐姐，一眨眼功夫，煮出满桌的菜来。其中一个小碟子，清蒸蚝豉，我是第一次见识。极肥硕的蚝豉，就那么葱姜清蒸蒸，味美至极。阿泰讲，这么大的蚝豉，煲粥炒菜，可惜了，就这样清蒸最好。确实，这样肥硕的溏心蚝豉，滋味层次繁复，远比溏心鲍鱼高明。一边吃饭饭，一边听小姐姐讲："从前姆妈每礼拜一，要去看外婆的，看好外婆回来，一路上就是买点心，买回来给爸爸吃，爸爸欢喜的唐纳滋，新雅的咸煎饼、白糖糕、芋头糕、煎堆，都是他们广东人的点心，还要买食品一店的广式腊肠、咸的鸭肫干，买回家煲汤。"阿泰讲："我小时候，家里有一间食品房间的，专门用来储存食物的，爸爸欢喜拿干贝吃老酒，那么大的干贝，大哥从香港寄回来的，爸爸就这样撕撕开，过老酒吃。我小时候也会进这个房间偷东西吃，偷只大干贝吃，偷点我们广东人做菜做糖水的片糖吃。"

小姐姐讲："姆妈为了爸爸欢喜吃，烧得一手好菜。我嫁到杨家的时候，杨家住在永嘉路，一个楼里八户人家，底楼公用的厨房，六家的灶头挤在一起，每家真的只有一点点大的地方。姆妈90多岁了，拿张凳子坐在厨房里，教佣人、教邻居做饭做菜，像厨神一样。"

姆妈的拿手菜，下次写给你们看。

· 一个人的文艺复兴 ·

篇一

坐莺天气，薄暮时分，热汗津津地，步去长乐路上的南华新邨，赴一局威士忌酒宴。

于烈酒，半生黯然无缘，日常出入，无非香槟花雕清酒之流，清浅嫩薄，一杯起，两杯止，酒才酒量，仅此而已。这一夜，不知是动了哪根神经，竟欣欣然、步匆匆，奔赴一局以烈酒为名的夜宴。

南华新邨是谢定伟先生的院子，门前一株老桑树，枝繁叶茂，桑阴匝地。主人家谢定伟先生请大家品酒食饭之余，别具一格的，是谢先生给大家讲酒，威士忌的前世今生，从单一麦芽释义，到泥煤味解惑。

进门举目，客堂里，四壁沉沉书画之余，长桌酒柜，酒瓶子密密森森，排排笔挺。除了谢先生，一屋子，九成是女酒客，座上人人，熟谙此道，资历深厚，一目了然。独我一人，人生第一次，捧着威士忌不知所措。谢先生蔼然，娓娓开讲，历数家珍，于深入浅出中，讲得威士忌这种遥远的物事动人肺腑。我一枚门外白痴，边听边饮，又一边奋力写笔记，手忙脚乱，还要不断举手跟谢先生提一百个奇怪问题。两个小时之后，主厨来催，天黑尽了开筵好不好，众客人亦饿空了肚子目瞪口呆，谢先生跟我的 Q & A 一问一答，仍意犹未尽。我的日常工作，通常是一年见无数的人，各行各业的男女老幼，竭尽全力听人讲述，像谢定伟先生这样卓越的讲者，好像一年遇不到一位，极好的教养，极好的表述，有理性的清晰，亦有感性的喟叹，顶顶难得，是谢先生的讲述里，有一种恰如其分的温情，自始至终，非常恒温，让我极为难忘。

回来继续写夜宴。主客移步至隔壁餐室，一桌美馔纷呈尤还罢了，壁上一幅红衣罗汉，莫名地温存。画好，字更好。优雅恬静，发自内心的一缕宁静，如一种薄薄的光，一无喧哗地默默照耀餐室。很久没有见到如此气象的罗汉了，市面上大抵的罗汉，仅画得一幅皮相，线条匀净，已是千难万难，少见有一点神韵内心的。不免请问谢先生是谁的作品，谢先生答，周颖先生的。一个闻所未闻的名字。谢先生继续讲，周颖的字也好，他于赵孟頫的字，是下过一番功夫的。

当晚南华的年轻主厨，拣的音乐是葡萄牙的 Fado，大约是衬托威士忌而来，Fado 有隔壁西班牙佛莱明戈的沉郁浓酽，而无吉普赛人的亢昂激越，偏甜、偏热、偏松软，微醺半开的醉生梦死，暗合仲夏夜的滋味，于上海很少听得到，真让人刮目。宴至半饱，推杯起身，一个人于院子里缓缓散步，立过树下，走过廊底，慢慢将屋子里里外外转了两遍。廊底壁上一幅观音、先前我们饮酒的客堂内，一幅泥金的《醉仙图》，以及一幅赫赫中堂《五色牡丹图》，此时此刻，独自看了久久。于客堂的一角，望见壁上悬了一幅斗方，写着一席家宴的食单，仰着脖子，通读了一遍：

酱牛肉、牛筋、酱油肉拼盘

椒盐鸭胗

鱼露鸡

烤麸（松仁　黑木耳　荸荠　香菇）

鸡汁百叶包虾仁

蒜泥白肉

拌海蜇

鳗鲞

干煎小黄鱼

鸡头米炒虾仁

牆牛肉　牛筋醬油肉　拼盤　拼碟鴨胗　魚露

炸麩　松仁黑木耳　荸薺香菇　雞汁百葉包蝦仁　蒜渥白肉

拌海蜇　鰻鯗　干煎小黃魚

雞頭米炒蝦仁　甕汁火方蒸鮮湘蓮　脆皮腸

清蒸笋殼　紅燒河鰻　蒜薹　粘滷魚片

板栗蒜頭蒜苗蒸小排　澧豆腐咸菜炒黃豆芽　白蘭地蘇蘭

老鴨湯　竹蓀羊肚菌　蟲草火肥　白鱠炒年糕　黃魚春卷

提拉米蘇　楊枝甘露　巧克力　鮮桃冰淇淋雙球

碧珠齋家讌食單

庚子歲次桂月好日許敏設席夜讌諸明簪於鱔珠齋

同座者定偉大兄楮昊兄闔家汪起兄柏如女史鐵良

夫婦及之禎程偉偉唯王琳兄缺席　墨卿弟筆

◆ 周颖的菜单

蜜汁火方蒸鲜湘莲

脆皮肠

清蒸笋壳鱼

红烧河鳗（红枣　蒜头）

糟熘鱼片

板栗蒜头蒸小排

油豆腐咸菜炒黄豆芽

白兰地芥蓝

老鸭汤（竹荪　羊肚菌　虫草　火腿）

白蟹炒年糕

黄鱼春卷

提拉米苏

杨枝甘露

鲜桃　巧克力　冰淇淋双球

结蛛斋家宴食单　墨卿醉笔

读了一遍，嗯嗯，字是写得真好，书卷气沛然，斯斯文文的大鱼大肉，软红十丈，盈盈有余。亦吃惊于这幅食单的食量，十二位食客，要多么健旺的胃口，才能吃完如此一席？单子里流动的家常气韵，亦十分吸引我，一幅海纳百川的食单，女主人想必胸襟宽敞，眼里见过，碗中食过。其中一碟子蜜汁火方蒸鲜湘莲，几个字，反反复复，盯着看了数遍，蜜汁二字真真汁水淋漓，蜜透纸背，一字一句，看动了我的馋心。

返回餐桌，继续跟谢先生举手提问，问那幅食单是个什么故事？谢先生告诉我，就是画家周颖先生的家宴食单，字也是周颖先生写的，非常有意思的一个人。谢先生接下来，细细展开讲了 10 分钟，关于周颖的各种有意思。然后，我再度举手："谢先生，能不能介绍我认识周颖先生？能不能带我去周先生府上吃饭饭？"

谢先生有点意外，这个一晚上举了 101 次手的家伙，现在干脆直接要求去陌生人家里吃饭饭。而谢先生真真好教养，温文答我："一定安排周颖先生给你认识，不过，吃饭饭呢，要看下趟周家请我吃饭的时候，有没有多余的空位，如果有空位，我带你一起去。周家 150 平米的房子，候分克数，吃饭位子十分有限，一个一个都是计算好的。不过，你一定要去他家看看的，太有意思太好玩了。"谢先生从吃饭位子的有限难等，一个转弯，讲起周家的那些好玩，渐渐讲得一面孔不可置信的赞叹不已。谢先生是谢稚柳、陈佩秋夫妇的公子，名门之后，世家子弟，眼界之宽广，于上海滩亦是数一数二的，什么人、什么画家，能让谢先生这样的大前辈如此赞不绝口、让谢先生通房间挂满此人的作品？我是当真好了奇，而周颖这个名字，今夜之前，我连听都不曾听见过，上海，真是一座深不可测的城。

十天之后，承谢先生厚意，于南华新邨再度开筵，介绍周颖先生给我认识。谢先生前一夜于微信中跟我讲，当晚周颖先生请了评弹堂会，并携了精彩画作给我欣赏。

然后，那个黄昏，我挥着小汗踏进南华院子，于稠人广坐里，跟随谢先生一一寒暄不已。人堆里，有一位客人，奇瘦奇凛，双目炯炯，顾盼之间，于十分中式的虚怀若谷里，严密收藏着满腹的傲气，啊，啊，如此野心勃勃的男人，久久久违了。

果然，这位精光四射的中年男，就是周颖先生。我闹着要攀识的这位画家，第一面，有神有采，让我精神一个振奋。

篇二

这日的晚宴，差不多是我这一年里食过最吃力的饭饭，座上全部是城中顶级画家、裱画家、收藏家，席间谈话，讲的是笔墨纸砚，斯文话题，讲法却像足黑社会，统统是门内术语，切口累累，我这种门外草，赤足狂奔才勉强跟上。谢先生在我左肩，长者霭霭，温言宽慰我，不要紧不要紧，多来个两三次，就容易了。饭后，众人移步隔壁客堂，周颖先生捧出两本不盈

◆ 周颖（张力奋 摄）

一握的小册页，一本《翠壁含风》，一本《岩岫云烟》，金碧山水。周先生亲手将册页展开在我一人面前，让我大为不安。人人安慰我，侬看侬看，我们都看过的。于是一开一开移目，画作之精雅秀润，让我完全止了语。真真是满纸海棠铺绣，梨花飘雪，画面之间的云意沉沉，清愁如织，宛然宋画再世，不可置信极了。翻至一开雪景，停手久久不能自已。当时是八月盛暑天气，我却在这幅仅得一个香烟壳子大小的画面跟前，只觉雪意磅礴，寒气凛凛逼人，画中透出的极寒、极静，那种清气盘空，野云孤飞，真真高华无匹。谢先生在我身边，看我久久不往下翻，跟我讲，这幅是雪景。听得谢先生的话，我才发现自己的失态。后来，跟周先生成了知己好友，有幸得以反复遍览周先生的画作，而第一晚看见的这幅雪景，仍然在我心里，排到 Top 3 之内。任何门类的艺术，冷，总是比热，来得难得多、高级得多、不动声色得多。戏如此，诗词如此，画如此，人品人格亦莫不如此。孟小冬始终以冷取胜，无人可及，称皇一世，高山仰止。巧不巧，名字就是一个冬字。伊人留世的照片，似乎没有一幅是巧笑倩兮的。评弹是中国戏里的一枝独秀，苏州人不动声色的冷噱，不是热气腾腾的二人转可以望尘的。望望蒋月泉、杨振雄们的容姿，清冷孤绝，连笑意都是凉浸浸的。唐诗宋词里的极品，都是冰冰冷的一字一句，李清照、李长吉，以及姜夔、秦观、柳永辈。热闹欢喜，是农业文明的巅峰；清寒寂静，是工业文明的神髓。周颖作品的这种极其清寒孤绝，当今绝无仅有，非常叹为观止，让我感动至深。

两个礼拜之后，周颖许敏夫妇摆了一席小宴，于家里。我是如此地有兴致，想看看周先生的画堂。看过周先生的画之后，我完全不相信这会是学校教育的硕果。顺便说一句，认识周颖其人之后，这大半年里，问遍城中画圈、收藏圈、艺术评论圈，知道周颖的，仅得三人而已。周颖先生画堂之深，大隐于市，可见一斑。

那日家宴，周先生特别嘱我早一点到，看看东西，讲讲闲话。第一次踏入周家门庭，尽管事先有充分的心理准备，仍然惊艳不止。150平米的屋子，从玄关起，物物堆砌，顶天立地，满坑满谷，到了无以下脚的地步。落座吃茶，周家的茶，是周颖先生自己勾兑的，拿肉桂与水仙兑在一处，铁壶煮，饮来酣醇，朴中有清，厚里有活，酽后有甘，算得一应俱全。茶对，人基本上不会错到哪里去，这是我行走人世的一点点微薄心得。

一边吃茶，一边转头观看屋里的陈设，壁上一幅白衣观音，花疏天淡，风流不在人间，与耳边的海顿，一呼一应，极是华妙难言。桌上一峰嶙峋太湖石，皱漏透瘦，于茶烟低飏里，峥嵘不已。最让我心软，是满屋子的书，从地上一路堆到天花板，茶过三巡，立起身，将一屋子的书，独自缓缓看了一遍，看完心得有二。一是这个人，是真的看书的，不是摆摆书样子，因

◆ 周颖家里

为满屋子的书，虽然各种门类都有，但是其中还是有清晰的阅读思路可以窥见。二是，我的天啊，如此书山，怎么可以弄得这么一尘不染的？有此疑问的不是我一个人，谢先生也问："你家里，是不是从来不开窗？"周颖笑，说："开啊天天开啊，弄得干净么，是我天天清洁的，一天不扫，乃么完结了。"跟周先生叹，去过无数画家的画堂，没有一个画家，有这么多的书。通常的状况，是画堂内，置四个玻璃大书柜，里面整整齐齐摆满了拍卖图录。再跟周先生讲："好像侬不看小说，看了一遍藏书，一本小说没有。"周先生讲："看的，小说在枕头边。"

第一次步入周先生的画堂，我是抱紧着双臂进去的，画堂内实在没有下脚之处，物物之间，逼仄得需要提气收腹侧身而过。画案落落宽敞，桌面摊开一幅十六应真长卷，画了三分之一，是要画了送给太太的。旁边笔墨无数，精洁整齐，这些都还罢了，画案之上，同样周氏风格，摆满了好玩之物：一点点大的盆景，兰秀草清；半个手掌左右的小雀笼子，玲珑剔透；扑克牌大小的紫砂泥绘插屏；种种精巧竹玩、包浆盈盈的小茶壶、孤零零一枚薄胎碗盏、款款香炉亦瓷亦铜、多达120支的烟斗，琳琅满目不已。我看得目瞪口呆，周先生立在我身后，轻叹一句，好东西都在这里了，为什么还要出门呢？这是一个成日成月不出房门一步的男人，我也突然懂得了一天世界这四个字的意思。周颖把一天世界，安置到了他自己的时空里，他跟门外的那个红尘，是隔着一层玻璃相望不相亲、相望不相染的，亦因此，他的一笔画，可以凛凛越过芸芸众生，一口气，直追宋人。看完画堂，坐下来，跟周先生讲，画家的画堂，大多满坑满谷不足为奇，奇是奇在堆得森严，却丝毫不觉凌乱，这是一个物大于人、还是人大于物的难题。物大于人，人控不住物，由着物野蛮生长，就乱得跟尘埃一样了。人大于物，气场安详，精洁宛然，格么，就对了。

篇三

　　周颖的家，在闹市公寓楼里，我们算是不那么远的邻居，缓缓步行半个钟的距离。赴周家做客，于底楼大堂按下电梯键，心里欢喜一句，楼上春云千万叠。进周家的门，从玄关起，便物物堆砌得侧身都艰难。周颖自己天生了一副瘦金体的身材，婉转其中，如鱼似水。我这种生客，不得不收腹吸气，才能从一室转到另一室。想在周颖的画堂里拍点东西，简直要练就一身瑜伽本事才兜得转。搬到现在这所 150 平米的三房两厅之前，青年周颖的画室，在一间逼仄的阁楼上，据说一样物物堆砌得天满地满，立脚都成妄想。周颖讲，再换个地方，三百五百平米，也一样会被我堆满东西。这是件很奇异的事情，一个笔底如此清空澹泊、饮霞餐秀的男人，好像画堂内外，应当一庭雪意、四地落白，最多稍稍来点碧玉清梅点缀二三，断舍离得四大皆空才是。周颖偏偏不是，四野新霜，六朝古木，伊统统搬到家里，调理成一局亦古亦今的精致红尘，泰然其间，将进酒，行不得，《离骚》一卷，当年几两吴丝绣成。我一直不曾想通透，这个繁华与清简的平衡点，究竟在哪里。某日周颖无意间的一句闲话，讲通了。

"中国人，绝对不能只做一件事的，做不好的。"

周颖第一次跟我讲这句，是在一个黯淡的午后，我们的一次长谈刚刚开头，周颖一边泡茶，一边轻飘飘如此一句，星火燎原地点燃了那次长谈。我闻言，放下笔，吟味再四。周颖讲的，是个有趣的话题，所谓中国人的白相心思。千百年来的琴棋书画，笔墨纸砚，花鸟虫鱼，是一整套盘根错节酝酿在一起的本质。半辈子的沉酣，出出入入，玩兴宜浓，玩意宜精，玩到炉火纯青包浆照人，无非举重若轻四个字。画家讲究画得松，讲究笔尖吊一点鲜头，作家亦百分百如斯。

而其中最深邃、最有意思的一点是，这种白相，是一种教养。教，是家教，跟名校与否、博士前后，都没有多少关系。养，是岁月养成，不到中年，难见焕发。

这便有趣极了。

比如，纸与笔。

周颖的那一路极精极妍的工笔画，对纸与笔的要求，非常地高。二十年前，市面上最精的高仿，是没有办法仿他的画的，因为打印机喷墨的粒点，比他笔下的线条，还粗。两粒芝麻的尺寸，画一个人，不是一个意思意思的墨团团，是栩栩有生意、肢体语言满载的。周颖至今无法画绢，因为如今织出的绢，肌理都太粗，粗到周颖画一条眉毛，在绢上，断成两截。偶尔得到一点古笺纸，周颖说，画起来是极其愉快的，舒服得不得了，墨听话，往下走，不会往旁边乱跑。去博物馆里看古人的书法，那个撇那个捺，像刀刮过一样，笔挺笔挺，跟古人的用纸，有相当的关系。格么，古笺纸，笔下是舒服的，但是那个价钱是恶毒的。无趣的是，这种如今变得相当昂贵的古笺纸，拍卖场里，贵价买去的人，偏偏是不写也不画的。

为了纸，周颖觅人订制。开口就跟匠人讲："师傅，麻烦你冬天做我的纸。"师傅听了头皮发麻，碰到个难服侍的客人了。冬天水的密度，要比夏天高，做出来的纸，密度也就比夏天的高。但是冬天做纸辛苦，谁会高兴做呢？周颖画青绿山水，于画纸上反复晕染，多达十二至十六浦，纸要经得起晕染，不起球。苦心订制的画纸，肉眼看过去，是毛的，手上去，则是绢光滴滑的。光是一张白纸，已经阴阳开阖，讲究到了哲学的境地。

再比如，笔，以周颖的写字作画，市面上的毛笔，是不够用、无法称心的。他勾细长线条，毛笔的含水量需要足够大，

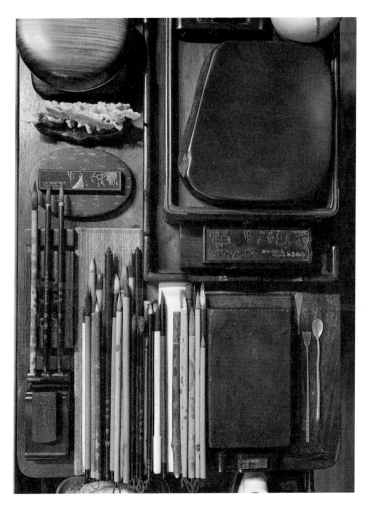

◆ 周颖的笔墨

否则，手下略一停顿，毛笔就干掉了。画坡石、画松针，都需要称手的笔才好。所谓墨色无限，笔先要到才好。笔不到，手是到不了的。周颖寻觅制笔的匠人，订制用笔，拿自己的需求，一样一样告诉匠人，请匠人每个制笔环节，都周全考虑他的需求。周颖说："生意冷清的时候，匠人能够静下心来，按着我的要求，全程自己亲手做，一旦生意好了，就不行了，匠人带七、八个徒弟，流水线做笔，出来的东西，就天差地别了。画家订制自己合用的毛笔，一直到民国，还是很寻常的事情，张大千、溥心畬、吴湖帆，都如此。现在么，罕见的了。我一直到2003年前后，还能跟匠人订制紫毫笔，取安徽一种灰色兔子脊背上的毛，笔锋五厘米长，一成黑毛，九成白毛，七张兔子皮，才做得成一支笔，真真是李白所谓千万毛中捡一毫。这种紫毫，取其刚锋，比狼毫还要硬。这样的一支笔，我用来画线条，只能用一个礼拜，一个礼拜之后，这支笔就降为二等用笔，画其他东西了。这种靡费，金钱还罢了，靡费的是心力。天下一切优秀的东西，心力不到，总不会好起来的。"那天聊到笔，周颖还随口讲了个好玩的给我听。他于黄庭坚的书里读到，新制成的毛笔，把笔头泡开，沾上黄连水和一点点牛皮胶，滤干之后保存，可保永远不霉。这就一个圈子，又兜回到白相二字上了。中国人的这些白相，有个玩无止境的共同特点，一路白相下去，玩上一辈子绝对不成问题。

问周颖，会不会有中年危机？大好中年当前。

周颖淡然答："好像不会。中年危机，大多因为无聊才起，我每天、每年，有做不完的事情。比如，因为写书法，平日里勤翻《说文解字》，觉得中国字的偏旁真有意思，想什么时候有功夫了，来弄一本偏旁字典，写各种字体，配点画，好纸，好笔墨，装帧出来，多少好白相。这种想弄来白相的事情，我有好多，苦于没有时间来虚度。"

这段闲话，当时真的是闲话，谈话之间随口讲讲的，事后却让我反复细想了许久。周颖似乎有一种性情中的习惯，做事情，动不动就要做到极致的那种习惯，行为也好，思考也好，写字作画也好。他的画，于极度的温存细密里，甚至有了一种锋利，一剑封喉那种锋利。最初我以为，是我初初接触他的作品，被某种震撼罩住了，所以倍觉锋利。后来反复多次仔仔细细看他的画和字，才渐渐明白过来，温存柔弱里，确实有一种力量，很强大。张岱那个人，用尽力气写的那句千古名句，写西湖雪景，湖上影子，惟长堤一痕、湖心亭一点、与余舟一芥、舟中人两三粒而已。意趣境界，很像周颖的作品，极淡极轻极不着痕迹，却于一痕、一点、两三粒中，力量奔腾，欲罢不能，厉害得不得了。这种将温柔进行到底的魄力，以及这种掌控温柔的恒温能力，拔剑四顾，左看右看，惟宋人宋画最擅长不过了。

· 上海老男人的层峦叠嶂 ·

黄梅淋雨，茉莉成灰。

庚子年，天公不开心，雷霆震怒，落重手，收拾众生。

顶风冒雨，奔到岳阳路中国画院，瞻仰一堂难得一见的画展，甫进门，已听到春彦立在展堂内，天公一样，哇啦哇啦发脾气骂山门。身边围满资深群众，默默垂首，听骂听得有滋有味。春彦来了兴致，亢昂如帕瓦罗蒂，足足半个钟头，骂得抑扬顿挫山河黯淡。伊骂的，不是人，是画坛。

画展是谢之光、林风眠、关良三位老先生，诞辰120周年纪念展，主题称"海上风标"，三位上海老男人，三座峰。林关二先生的作品，常有常见，还罢了，谢之光先生的画，很难得，这样大面积地看见。展堂内逡巡三匝，好得我心碎成粉。诸般好，皆不说了，最好最好，是华贵无比的举重若轻。任何题材，不着力气，下笔就有，飘飘风致，雍容极了。一幅参观毛泽东先生故居，秀骨亭亭，水墨嫣润，线条根根精挺，一气冉冉呵成。潇洒鲜妍，一无战战兢兢的小家气息，赞极赞极。

看完展，走几步，去点石斋午饭。落座人人都饿疯了，请店家赶紧赶紧，先煮一钵鸡汤面来点饥。然后无非油爆虾、东坡肉、丝瓜毛豆铺了一桌，以及两斤黄酒，两枚老男人，春彦与造云，沉痛缅怀谢之光。

"我常常去看谢先生，是在 1973 年到 1976 年那段时间，谢先生是 1976 年故掉的，伊住在山海关路大田路那里，石库门房子的一间前厢房，进门一幅屏风，屏风后面就是眠床，屏风是石涛的墨荷。写字台是白木的，还有一只小圆台子，倒是红木的，谢太太坐在小圆台子旁边，吃酒，从中午开始吃，一直吃到夜里睏觉，日日如此的。谢太太吃的是果子酒，大概 8 角钱一斤那种，伊吃酒，面前是没有菜的，就一杯酒，伊咪，像现在的人，吃人头马 XO，从天亮咪到天黑。谢先生自己不吃酒，伊欢喜跟了年轻人出去荡荡马路，吃吃咖啡赤豆汤，吃了肯定不是白吃，谢先生又写又画又唱又跳，跟我现在差不多。谢先生这位太太，是谢先生第二位太太，奇女子，上海版的茶花女。美丽牌香烟的广告，就是这位谢太太的面容。谢先生是月份牌、广告画的大亨，上海滩一支能笔。这个能，是无所不能之能，样样精，样样好，西洋画中国画，没人不服帖。谢先生一把扇子，打开看看，是工笔蔬果，稍微折一折，哦哟哦哟，乃么不得了，是春宫。"造云讲到此处，看我目瞪口呆，放下黄酒，将我手里的折扇拿过去，比给我看，"下趟有机会给侬看看。"谢先生本事大，要画画，巨幅的万吨轮之类，一根线拉出来，拉两尺，刮挺，手不软，没人敢下笔，程十发、贺友直统统叫伊老爷叔，"老爷叔侬来侬来"。

"谢先生第一位太太，昆山的千金小姐，养了一儿一女，儿子成年之后，遇意外，故掉了，女儿后来在苏州做老师。这位太太，有一年，不晓得哪能，碰见一个广东小白脸，烂仔里的战斗机，跟伊私奔出去，不到半年，回来了。跪在谢先生面前认错。谢先生不响，拿起桌上一只砚台，朝面汤台上的镜子掼过去，镜子应声破碎。谢太太立起来走出门，从此再也没有回来过了。

"第二位太太，是四马路上的书寓先生，谢先生是明媒正娶娶回家的。这位太太跟谢先生讲：'侬待我这么好，嫁进侬家门，我就不下楼了。'这位太太真的从此不下楼。不过不是一辈子不下楼，'文革'时，伊也下楼，里弄里应付事体。这位谢太太跟董小宛、柳如是一样，会作诗的。最结棍，是谢先生故世，伊就绝食了，粒米不进，两个礼拜，也故掉了。妹妹啊，才子佳人，我是真的亲眼看见过。"

造云讲，他年轻时候，20多岁，天天去谢先生屋里白相，那个时候，谢先生已经很落魄了。谢先生跟造云叹息："我现在穷了，一个月80块，车马费也不够，变老瘪三了。"谢先

◆ 初春丁香花园外的街道

◆ 延庆路 153 号

◆ 有五线谱的华亭路

◆ 延庆路上的少爷

◆ 印象

生从前，早上起来，面也没揩，早点心也没吃，家里楼下，两条长板凳上，已经坐满了人，等画。谢先生屋里的地板，是漆成白颜色的，蔡司照相机一架两架三架一点点不稀奇。"有一次，礼拜日的上午十点左右，我去看谢先生，进门看见谢太太坐着吃酒，没看见谢先生。原来谢先生在晒台上生煤炉，烟熏火燎，生么生不起来。赶快跟谢先生讲，'这种事情，侬哪能好做？我来我来'。谢先生跟我们讲画论，气韵生动，啥叫气韵生动？侬生煤炉，堆申报纸、堆柴爿、堆煤球，一层一层堆上去，要堆得松，不能压得实硬。松么，透气；透气么，气韵才动得起来。"

"1975 年，丰子恺先生故世，我陪谢先生去葬礼，谢先生看了丰子恺先生遗容，哀戚戚跟我讲，这双手，唉、唉，再也没有用了，斩下来也没有用了。

"谢先生的印章，钱瘦铁先生刻给他的，他最喜欢，画了自己满意的图，就拿出来盖盖。妹妹，侬晓得谢先生的印章们，都放在什么地方吗？从前，电表上面，套着一个纸盒子，马粪纸做的纸盒子，谢先生那样的大画家、豪阔才子，一大把印章，就装在这个马粪纸盒子里，平时要寻只印章出来用，叫我们年轻人替他寻出来，年轻人手重，拿着盒子颠三倒四，谢先生肉痛煞，小赤佬，拿印章磨坏掉了。

"'文革'时候，福州路汉口路路口，有家裱画店交关有名，抄家物资都集中在那家里裱，裱好了挂起来，一等好东西，进博物馆；二等的，进文物商店。我常常跟了谢先生去那家店看画，妹妹，不得了啊，吴昌硕，就挂一房间吴昌硕，挂满挂足。任伯年，一房间挂满任伯年，我一口气看过十八张任伯年。齐白石，一房间齐白石。立在那里，尽侬看。我后来能够做点书画古董生意，就是因为在那家铺子里开足了眼界，拿眼睛看出来了。

"有一次，朋友摆喜酒，在南京路梅龙镇，我老师乔木先生和谢先生都去了。吃饭时候，我老师乔木先生跟谢先生讲，吃好饭，我去侬府上看看画好不好？谢先生答应讲好好好。吃完饭出来，我陪了两位老先生，往谢先生屋里走，走了两步，谢先生突然讲：'乔先生，侬今朝就不去我那里了好吗？'格么我再调头，把乔木先生送上回家的公共汽车。回头来寻谢先生，问伊：'不是讲好今朝去吗？哪能不去了？'妹妹，侬晓得谢先生跟我讲啥？'小赤佬啊，我今朝屋里厢，招待客人的茶叶都没有，我哪能请人家来呢？'

"窘迫到这种样子，但是谢先生研究画图的心思，是全心全意的。1976年，伊晚年了，住了医院里，有一日邱受成去看伊，伊看见他进来，叫起来：'小邱小邱，我跟侬讲，我悟出来了，八大，八大最高。我年轻辰光，画明四家，算得会画了。后来我画任伯年，画了几十年，乱真没困难了。我又发觉吴昌硕比伊来赛，诗书画印，登峰造极，赞赞赞，格么再学吴昌硕。再后来么，我服帖齐白石了，浑然天成，有童趣，自开门路，结棍结棍。过了一腔，我觉得齐白石也有匠气了。乃么石涛了，才气纵横，笔墨淋漓。再看到八大，还是八大高，简，深厚，脱繁脱俗，乃么寻着真谛了。'我就在他病床旁边，听他讲这番话，老先生至死不渝地追求艺术，这种东西，我佩服。"

德拉克洛瓦曾经跟人回忆，他第一次看见席里柯的《梅杜萨之筏》时，自己的灵魂出了窍，"它给我的震撼太大了，出了画室，我撒腿狂奔，像个疯子似的，一直跑回了我住的普朗什大街，那在城郊圣热尔曼区的最顶头"。

落魄不堪的谢先生，曾经令春彦造云们，亦是如此地狂奔过。

谢先生死于1976年毛主席逝世之后的第18日。造云记得煞煞清。

· 法租界的旧信 ·

　　礼拜一中午，数九天气，竟然暖洋洋的，想喝苹果汁，下楼去买苹果。才走两步，看见新乐路上一户人家在扔旧物，不知是要搬家还是要装修，请了收废品的师傅在大拆大卸。旧物堆在门口，有些散乱的旧书，便忘记了苹果，低头翻检，从还珠楼主到蔡志忠，还有一厚本手工装订的东西，翻开来看看，1974 年《无线电》杂志的合订本。埋头翻得起劲，废品师傅走出来了，问我看中什么没有，可以当场卖给我。毕竟不是旧货铺子，是人家家门口，这样子捡东西，有点生吞活剥不好意思。便匆匆地随便捡了几样，微信扫扫，付了 10 元给师傅，然后苹果也不买了，转身上楼回家了。

　　坐在冬阳下，抱着 nana，细细看，一册学校家庭联系手册，新乐路某某号的男孩子，于淮中中学读书的成绩单，初一的孩子，成绩惨淡得不堪卒读，数学最低是 16 分，写作零分连连，外语是 26 分、32 分、59 分之类。可惜，翻遍全本册子，没有写年份，班主任老师姓莫，一个模糊的姓名印章。翻完这本薄薄的小东西，已经肝胆俱碎，心里疼痛得无法可想，这是一个怎样的少年，这是一段怎样的青春，难以想下去。

10 元买来的，还有两封旧信。一封一封来。

一封是母亲从珠海写来的，写给儿子，也就是这位初一的少年。

　　某某，您好。

　　来信于 10 月 6 日收到，虽然您的邮票是 2 角，但没有贴上航空，所以就当是平信寄了，我每天多看信箱，把脖子都看长了。

可怜天下母亲心，有意思的是，您好的您字。

　　中秋节过得好吗？我很想念你。看着和你一起照的相片就想起你在家的情形。希望你能快乐。关于垫板的事，买是没有问题，但现在没有人回来，就存在一个带的问题，我看先买好它，一有人回上海就托给你好吗？

　　蓓蓓现在我这里读书，所以我就不能回来，原来我不是给你说十月份回来，现在我只能等放寒假时回来了，大约在一月份左右吧。

　　某某，我很希望你生活正常，不要学坏，这里面的道理，想你应该明白吧，你始终是我的儿子，一定会回到我的身边，录像机和电视机我会用布盖好的，你不在，我都没有开录像机，因为这东西本来就是为你买的。自从你来了一个多月，我反而胖了许多，可能是心情吧。我会自己当心身体的，我还要和你一起很长一段日子呢，怎能不爱惜自己呢，你说对吗？手表我给你去看，如买好就想办法带给你。某某，妈妈的心你是应该理解的，你要买东西，只要是正当的用途，我都会答应你，我另外会寄点钱给你当零用钱，希望你能学会安排生活，多已长成大小伙子了。妈妈就不啰嗦了，学习一定要按自己的能力完成自己的学业，最起码应该每科要及格了，这个要求不会太高吧，而最重要的是品行一定要满分，知道吗，千万不能让我失望。

　　你爸爸身体好吗？劝他不要吸烟，慢慢地把它戒了，我已戒了，你高兴吗？有空的时候，叫你爸爸教你学电器的知识，对自己是有利的。我好像有许多话对你说，最好是能在我的身边。代向你爸爸问好，啰啰嗦嗦地写了一通，不要见怪，我和你就是好朋友似

的互相关心，互相鼓励吧。总有一天会团聚的，共同
努力。

　　祝生活快乐，健康如意。

　　　　　　　　妈咪，10 月 6 日中午

这封信里，还偶有几个繁体字出现。这个支离破碎的家庭，
绵密复杂的人际关系，看了心里酸涩莫名。
再来一封，儿子写给母亲的信。

　　妈妈您好。

　　您来的三封信我已收到了。我收到了您的信，才
知道您在那里的苦处，这很不容易，您一个人在那里，
还要陪蓓蓓，定是很辛苦，您要多注意身体，不要太
劳累了。上次爸爸写来的一封信，您也一定收到了，
上面写了我的事，您大约也看了，我在这里读书，您
却在异地，小时候没有受到好好的启蒙，长大后也是
一年一年地混上来，现在我期中考也不及格，老师也
要我停课，说要请家庭老师，照爸爸的几个工资，也
是不行的。爸爸信上写的说明，我也不多说了。现在
我一直在家里，没事干，我想做生意，爸爸就叫我和
他的一个朋友一起干，生意是把冬笋拿到上海来卖，

新年、圣诞、元旦这些节日很快要到了，一定销路很好。现在我手上没有本钱，不能做生意，我冒昧向你问一声，您能借给我 4000 元钱吗？让我到社会上闯一闯，让我也像姐姐一样自力更生。妈妈！您这次一定要帮助我。如果可能，这些钱我不会乱花，到时一定还给你。您一定会理解我，深知我，我相信，妈咪！

　　祝您健康，万事如意

　　　　您的儿子某某，1990 年 12 月 7 日

　　信写得很端正，写在上海精密机床修理厂的信纸上，略有几个错别字，您和你跳来跳去，妈妈开头，妈咪收尾。两封信，相差一天时间，如果是同一年的话。有意思的是，儿子端端正正写给妈咪的这一封，装在航空信封里，写了很完整的母亲的收信地址和姓名，却没有寄出去。

　　翻来覆去，看完两封信，心里凄凉得乌黑一团透不过气来，友人殷勤送来的午饭，推到一边，一口也咽不下去。那个打算贩冬笋的新乐路男孩子，此时此刻，不知在哪里？那个年代，新乐路倒是出过一个很厉害的男孩子，创业开了振鼎鸡，一直长盛到现在。

　　下午在家，看完了蕾拉·斯利马尼才气纵横的小说《温柔之歌》，摩洛哥女作家蕾拉，于 2016 年因这本小说，获得了龚

古尔文学奖。书后，有一篇蕾拉获奖之后的访谈，谈她自己，如何在女作家和母亲的角色之间穿梭。

蕾拉讲：

在成为母亲之时，就永远不可能无牵无挂了，会一直感觉做得不够好，不够称职。一些意想不到的话还会让我们有负罪感。我自己的妈妈问过我，你儿子和谁在一块儿？我回答，他爸爸。我妈妈狠狠批评我说：噢，可怜的孩子，你竟然留下他一个人！然而，她曾经是摩洛哥的第一批女医生，我记得小时候她经常不在家，她竟然都忘了！

从新乐路，到摩洛哥；从 1990 年，到 2016 年，darling，人性好像都差不多。快乐很难，辛酸遍地。

· 小月团团古 ·

　　黄昏薄暮，步去巨鹿路见人吃饭饭，沈宏非治的局，主人家是王双强先生，我是初见。前几日，沈宏非讲："人家做国学教育的，收藏拓片国内好算算的，darling 见见好不好?"一路埋头走，一路在想，这个男人，名字倒是取在正道上的，双强，一锤定音，一手国学，一手拓片。可惜，一口气，十分里吞掉了两分。照我的心思，直接取名王双枪，乃么快意了。一路胡思乱想，转眼就到了馆子里。踏进小洋楼，双强先生客客气气巍峨一立，彼此啊啊啊了一下，一低头，双强先生着了一双品蓝的丝绒便鞋，缀着金丝绣花，腰细了，我对丝绒一向无力抵御，扶着椅背，默默镇定了千秒，才缓缓坐下，心里痛恨沈宏非，居然迟到还没到，害我独对陌生人，累也累死了。

　　双强先生温文尔雅，山西人，北地的温文尔雅，带着山气，别具怀抱，跟江南不同。江南常见的温文尔雅，基本上是富含水气的，水漉漉的。奉上白茶，杯盏端上来，是孔雀蓝的，我心里一个跌宕，今晚是遇到高人了吗？普通饮馔，并非盛大派对，晓得衣着与餐具配伍的男人女人，我城不会超过一百个吧。与双强先生小心翼翼，有一句无一句，浅浅搭话，好容易，等到沈宏非龙卷风一样冲进来，小洋楼里的背景配乐，正好唱到《光辉岁月》高潮处，迟桂花迟桂花。

人坐定坐齐了，却没有开饭的意思，也没有开酒的意思。双强先生立起身，讲，看东西吧，并步转身到屋内的烟榻跟前。双强先生捧出一大册，仔细揭开包装，摊开在榻上，原来是他收藏的吴大澂藏、吴湖帆题识的《秦汉瓦当》拓片集。一页一页翻过去，我是真的吓了一跳，整册东西，精洁，高古，墨团飞舞，从长生未央、永奉无疆、八风寿存当，到苍龙、白虎，一页一精，一页一跳，浑厚里的妖滴滴。darling，一切的文字，在金石跟前，皆显得很塑料很力不从心，我还是闭嘴算了。

据吴湖帆的题识，册中36种瓦当拓片，均由吴大澂定题，从前是吴家苏州老宅内，中厅的窗心装饰。这批拓片安居于吴家老宅的窗心上，五十年之久，太平天国年间，老物有灵，幸免于难。吴湖帆将这批拓片从窗上取下，装订成册，完整清洁流传至今。双强先生数年前见到这件东西，挥巨资收入，宝爱至今。

再一件，双强先生取出一件龚心钊的手辑，一函两册，《隽言选腴》兮兮的卷册。甫揭卷，满盘蝇头小楷，清芬凛凛扑面，通篇古人气息跳跃，秀得人心软如麻。从前的男人啊，锦衣玉食的读书人啊。事先并不知道当晚有这些东西看，我连近视眼镜都没有随身携带，这册东西摊开在烟榻上，情不自禁跪下地去细细翻阅，女服务生手忙脚乱在我膝下垫上靠枕。逐页翻到最后，这册东西，原来，是龚心钊的笔记本子，走来走去随身携带，里面记录的片言只语，都是写诗作词的材料。这个合肥人，是走到过英国法国加拿大的，晚清的外交名臣子。

看完卷子，扶着烟榻起身，回到餐桌跟前，跟双强先生慨叹，很饱很饱了，晚饭都不用吃了。双强先生微笑，讲："大的物件没有办法带出来，下次去我那里玩，还有山西带来的厨子，做面条吃。"

这才开始吃酒、吃饭饭。

不知何故，当晚的谈话，一直淡淡的拘谨，北方人遇到南方人的收敛，南方人遇到北方人的小小不知所措，言语之间，彼此都提着小心翼翼。漫漫讲到中国戏剧，京戏昆曲，谢谢天，这个年纪的中国人，男男女女，大多懂得中国戏的好。我是女人，觉得京戏里的老生，凝聚了中国中年男人的一切优点，是男人审美的巅峰了。

然后再补一句："你们男人，大概觉得京戏里的青衣，是女人审美的巅峰。"

沈宏非想也不想，讲："青衣太严整了，还是刀马旦、泼辣旦好，昆曲里的《借茶》，张文远和阎惜姣，活泼，狠辣，奸刁，赞。"至此，darling，我对 Totoro 的口味，不得不刮目相看。

双强先生客气讲："我那里还有一路的收藏，是收些民国人物的书札信函，梁思成林徽因，徐志摩陆小曼，吴湖帆周炼霞。"哦哦哦，我又转过头来，对双强先生的口味刮目相看。双强先生翻翻手机，摸出一幅周炼霞的画作给我们看，周前辈一直是沈宏非最在意的民国女子，一看周前辈的画作，沈宏非尖叫起来，哇，这个是周炼霞画的啊？倒不是沈宏非大惊小怪，我捧着手机的手，亦兀自颤抖不已。周前辈以碎花，通俗易懂地拼砌了两个花字，永爱，下面画着两只蝴蝶，如胶似漆无分你我，抱头腻在一起，笔致清洁，意境却直追春宫。

这局彼此拘谨的晚餐，终于，于周前辈超乎想象的画作跟前，酣畅饱满惊天动地地结束，人人情绪昂扬，眼福饱饱，肚肚饱饱。

夜里跟 Totoro 道谢，人家意犹未尽念念不忘敦促我，下趟去七宝看两只蝴蝶。

◆ 如歌的行板

· 男人都是高中生 ·

男人成群出现，很多时候，是一种迷人，比如军容辉煌的战士，比致幻剂还致命，我说的是迷人的程度。

很多年前，听白桦跟我讲过，他是如何在某种漫长的隔离中，学会了编织毛衣打发时间。当时太过年轻，并不懂得这种碎语闲聊其中的意思。关于男人闲着，是一种如何刻骨的深痛，我要过了很多很多年以后，才慢慢懂得。那个年代，闲着的，岂止是一个白桦，于百无聊赖中，学会编织毛衣的男人，恐怕也不是一个白桦仅仅。可惜，这些事情，我已经没有办法跟白桦询问了，而提问是我的强项。多么可惜。这两年，失去了白桦，失去了江迅，觉得身边空落落的，一个时代，无可挽回地，落幕了。

男人无论老幼，穿细细的铅笔裤、吊脚裤，露出一段秀骨窄窄的脚踝骨头，清洁、婉媚，不输给女子，好看的。格雷厄姆·格林在他的名作《安静的美国人》里，写一个英国记者跑去越战中的西贡前线，战地记者之一种，写他如何在当地有了一个安南女子，凤小姐，写他如何偎在榻上，枕着皮枕头，抽着凤小姐烧的鸦片，抽过四袋烟后，就再也不想要她了。格林也写了安南女子凤，骨骼脆弱，宛如一只鸟，以及令他难忘的，凤的那些真丝的旗袍。格林写他看见越南人夫妇在舞池里跳舞，他们那种文明的气派，我们是比不上的。

男人跟男人在一起，双双出现，勾肩搭背，步调一致，雌雄同体，都不是问题，让人惊讶的是，两个男人，要亲密到怎么样一种程度，才能够当街一边走路一边吃冰淇淋？

我的邻居，男与男，经常于黄昏暮色里，坐在阳台上，静静地促膝打牌吃啤酒，膝盖连着膝盖，默契深沉，温存和温馨不已。亦喜欢看他和他的家里，晾出来一长排 T 恤衫，柠檬黄、鲑鱼粉、橄榄油绿，不一而足，于晴阳下旗帜一样飘飘软软，那真是《清明上河图》之一角。

三人帮，就好多了，轻松多了，没有那么窒息，一米社交距离，至少在心里。

昨晚最受瞩目的男人，自然是坂本龙一了，于在线的一场音乐会，献给渡疫的人们。

听了三十分钟，雪晓通先生说，坂本龙一的音乐会怎么跟谭盾的这么像？像坐在朱家角水乐堂。哈哈哈哈，笑了一会儿，不看了，还是去看《浴血黑帮》。

坂本龙一两度患癌，喉癌和肠癌。看过他多年前一篇访问稿，坂本龙一讲，第一次大手术之后，从麻醉中醒过来，第一支曲子，听的是古巴人奥马拉·波图昂多的歌，奥马拉那种大地之母一般温暖宽厚的歌声，把他从死神那里暖了回来。

男人都是高中生，需要一个大地之母，越是优秀的男人，越是如此。像坂本龙一，像纳博科夫，像霍洛维茨，像傅雷，等等，等等。

·民国男人们的闲情偶寄·

　　紫蟹初尝，黄柑新熟，秋意渐隆天气。与沈宏非并肩，浩荡远征七宝古镇。双强先生殷勤，于他的秦汉胡同旗舰店内，款待我们观赏他的幽邃收藏，以及，请吃他的故乡饮食山西饭饭。

　　落车寒暄，彼此啊啊啊，入门跟着双强先生婉转厅堂廊下，一整幅金丝楠木桌面，宝光盈盈，独逞娇妍，华贵不可言。缓缓转至屋内，墙上一幅李叔同的家常书笺，三五成行，与友人浅谈佛法，笔墨风致在他早年俗家的魏碑、与晚年出家的婴儿体之间，而尤偏魏碑略略多一点。立在跟前仰头细细看了久久，不知何故，弘一师傅的字，每看，总是一朵断肠颜色。连日轻阴天气，暝色四垂里，读读如此小字，煞是清心滤神。而民国，亦就一步到了眼前。沈宏非在隔墙，万分牵记地问双强先生，格么，周炼霞的那两只蝴蝶呢？

　　转过去，周炼霞女士的两只永爱蝴蝶，伊人娟好，莺莺燕燕抱头腻在墙上，旁边是吴湖帆写给炼霞女史的小山词，鸳鸯蝴蝶，你侬我侬，与隔房弘一师傅的一尘不染，默默背靠背。人生的麻烦，常常在此，明明只隔一道薄如纸的墙，偏偏一辈子破不过去，才情大如吴周老前辈，亦不过如此。叹叹。

再旁边，一幅徐悲鸿的书笺，悲鸿的字，气息雄强不羁，小小一笺，亦十分跌宕飒然，从前的男人，毋庸置疑，漂亮首先是漂亮在一笔字上。北平国立艺术专科学校的信笺，一气呵成的三行短笺，写的是一笔八卦。悲鸿大约是替友人吕霞光先生去讨齐白石的画，而屡催不得手，悲鸿火气一大，笔下喷薄而出，骂齐白石老迈昏聩，万事只听身边看护夏女士的调度。然后悲鸿直接跟霞光先生讲，格么侬就准备 200 万，送给夏女士，让他早点画出来交卷，侬看哪能？看毕莞尔不止。沈宏非意犹未尽，咬牙切齿讲，以后微信不写了，寻张好看花笺，事情写在笺纸上，然后拍张照片传给人家。我笑，收到的人，会以为 darling 八十高龄，用不来微信。

转过头，对面墙上，肩并肩，挂着两幅有意思的字，一幅胡适之先生的，一幅胡兰成先生的。两位民国胡先生，一位一品好人，一位千古罪人，以如此清凉的方式，握手言了和。适之先生的字，圆融团团，一无心机，亦无太多的力拔山兮；兰成先生的字，顿挫连绵不绝，心思幽谧得无穷无尽。双强先生在旁讲，民国人的字，摆在一起看，味道就来了。微笑跟双强先生讲，看字，这两个民国男，跟胡兰成谈恋爱，比跟胡适之谈恋爱，想必要过瘾得多。

再一幅，傅雷先生的书笺，字味沉痛，浑厚，严整。1962年办黄宾虹画展，傅雷写信给友人，殷殷叮嘱友人早一点到现场，以便从容观展。傅雷笔下，殷切得不得了，日期时间，一再关照，反复写明，《傅雷家书》那种密不可挡的严整，扑面而至。行文中，傅雷轻轻提及此次黄宾虹画展，自己拿了家藏70件黄宾虹作品出来，简直是独撑大局的意思。出手如此豪阔，啧啧啧啧，结棍结棍。

一个黄昏，看了满壁民国男人们的闲情偶寄，辗转流连，叹不胜叹，双强先生讲，还有一幅郁达夫的，可惜，不在此地，在家里搁着。沈宏非问写的是什么？是不是他最爱写给人家的那两句，曾因酒醉鞭名马，生怕情多累美人？双强先生答，不是这两句。沈宏非惋叹，这两句，写尽中国男人的精神梦想。

厨下屡屡催饭，终于团团坐下来吃双强先生的家乡饭饭，松暄的大包子，柔媚的凉皮，别具一格的不烂子，以及，新秋刚收下来的山西小米熬的粥。席上并有长江商学院的杨晓燕老师，陕西人，小巧玲珑的模样，有一种少妇人的清脆响亮，颇耐人寻味，惹我在对面一眼一眼，凝神看了半夜。而身旁的沈宏非尤在耿耿，有意辑录出版一册军阀混战的年代，诸路军阀之间的电报往还录。电报惜字如金，军阀议事刻不容缓，骂人刻不容缓，时代大气氛，与笔底小气氛，一呼一应，衬在一纸上，想必极有看头。沈宏非兴致盎然地讲，要是能考证出，当年那些替军阀们执笔的文胆，究竟是什么人，格么就太好白相了。

· 礼拜六的好人好事 ·

　　菊月天气，乍暖乍寒，不易将息。礼拜六清晨，轻阴薄雨里，与双强先生约，兴致盎然，共赴杭州，为一桩史无前例的荣耀展事，"金相椎痕"，梳理一百年的金石学脉络，呈现难能可贵的青铜器全形拓。漫漫两个半小时的车程，与双强先生讲讲古，讽讽今，亦谈谈中医与整脊，啧啧今年灿然的新小米。事后颇诧异，两个完全不同来历的异路男女，竟然能够一路上天入地谈笑风生。darling，殊途同归这种事情，人间好像真的有。

　　落地站在浙江省博物馆门前，此次展事的策展人古非先生看见我，略略有点失望，啊啊啊，原来是女生。好像女生迷恋金石，有点怪兽驾到的意思。双强先生山西临汾人，国内顶尖的金石收藏大家，此次展事借出七件私人藏品。古非先生江苏徐州人，刘邦老乡，于西泠印社领导下，策动了此次展事。两个大汉，一前一后，夹着我一个上海小女子，组合虽然清奇，不过并不影响我们携手并肩，一寸一寸，尽兴浏览黑老虎。金石，人称黑老虎，被很多朋友侧目，"侬腰细了，哪能会得欢喜黑老虎的？"darling，爱情这种事情，有得道理好讲吗？falling love，一歇歇跟人，一歇歇跟老虎，吼吼。

六舟拓绘的诸幅博古清供图，真真清娱隽品。中国人的这种典丽审美，纵然隔着百年千年，到底毫不费力，一个箭步就奔到了你的心底最深处，这是无法可想的事情。墨拓的青铜器，多是商周彝器，黄钟大吕，端方凝重得无以尚之，六舟于墨拓之上，疏疏添几笔黄菊，布一枚佛手，若有若无吹一口气，令青铜这种重器，神来一般，举重若轻，瞬间变得腰肢婉转，一唱三叹，无比地朱颜可惜。善调丹青，古今中外高手林立，没什么稀奇，会拨弄轻重，就难得了。六舟这个鬼，厉害的。

细读卷子上的跋文，六舟是海宁人，从小茹素，行脚半天下，名流硕彦都跟他往还亲近，阮元叫他金石僧，精鉴赏，喜金石，诗书画篆刻，无一不精妙。六舟手拓的作品，九成九，都由他的海宁老乡钱镜塘收藏。一幅《剔灯图》，铜制的雁足灯，六舟于题跋中写，某次游黄山，于某友家中盘桓，友人拿出家里藏品，不下千件，这盏雁足灯是其中之一。灯上刻铸的文字，被青绿铜锈淹没，以针挑剔，稍得明晰。六舟爬剔的工作图，被友人画录下来，六舟笑笑，未免孩儿气象矣。古人好白相吗？

　　养心殿珍藏的一件散氏盘的全形拓，周希丁手拓之物，器形开扬华贵，墨色温存秀濡，展目望过去，气息沉静幽谧，适度坚忍，无限高古。散氏盘是西周的东西，两个邻国为边界问题纷争不断，打来打去，没有宁日。周天子知道了，主持公正，划清了疆界，将这个和平之约，郑而重之记录在散氏盘上。此后散氏盘辗转流入养心殿珍藏。至清末，宣统皇帝退位，这位哀戚的末代皇帝，于拱手让出江山的仓惶时刻，却有别幅心思，请来顶尖拓工周希丁，劳心劳力，耗费当时已经捉襟见肘的金钱财力，将这个散氏盘拓了数十份，分赠身边近臣，君臣们挥挥手，与江山社稷一别而过。此情此举，令人蓦然想起当年的玛丽皇后，步上断头台的一刻，为踩了刽子手的脚致歉，对不起，您知道，我不是故意的。一东一西，有点交相辉映的况味。一代艳后早已湮没，而散氏盘，因这本全形拓，婉转蛾眉马前死，至今温情脉脉触目可及。历史哀荣，渺不可追，绝境最后一刻的温存柔软，仿佛仍然体温依稀。

　　一幅秦权全形拓，端方自藏的本子，辉煌满跋，一泻千里，那种仪表堂堂，真有观止之叹。从前的读书人，心爱此等好物，晴窗展玩屡日，手摩目接，何快如之。想想看，书房里若有如此一幅悬挂，低头抬头，朝夕相处，真是养人的。

　　心满意足缓缓看完展，再接再厉，跑到三楼，再看一个王福庵诞辰140周年纪念特展，两个展看完，饿得心荒如麻。古非先生领我们去吃古法杭州菜，伴饭话题十分闲杂，从黄花岗七十二烈士，到俄罗斯的十二月党人，以及太太党人，再来双强先生创建秦汉胡同十八年之筚路蓝缕，以及现在的小学生，学个拼音，怎么可以累成那个样子。然后饭馆老板推门进来致意，"我叫王跃良，1972年生的，跃良，就是要粮的意思。老鸭煲好吃？是啊，我们精选老鸭，一只五年的老鸭，我买来已经800块了，肯定好吃的"。嗯嗯，好人好事之余，还遇见了好鸭子。礼拜六愉快。

◆ 时代兴昌，流水杂货

· 当女人领导男人 ·

礼拜六的夜嬉，谢谢汇丰银行，请客看《杜鹃山》。1974年的杨春霞，是吾国吾民的奥黛丽·赫本，一只柯湘头，毫无疑问毫无悬念，有着无可撼动的历史地位。今晚是史依弘小姐复制，家住安源、乱云飞渡，唱来满宫满调，时光倒流。我觉得，比她演《白蛇传》白娘娘，更当行，更驾轻就熟，本色出演，演的基本上就是自己，拿出来就有。反倒是演白娘娘，史小姐不太摸得到白娘娘的百转柔肠千种娇媚，举手投足里，动不动带出点柯湘的磅礴来，对着不争气的许仙小倌人，恨不得一根指头点到伊额头上，悲鸣几句。

说真的，柯湘周旋于杜鹃山上的一帮农民军们，于舞台上看起来，sexy 得不得了，衣衫褴褛的男人们，以绝对女神的景仰，围着山清水秀的女人转，令我想起可可·香奈儿小姐，叼支烟卷，于男人帮里旁若无人的恶狠狠。全世界，女人一旦领导男人，总是那几个似曾相识的模式和公式。

· 礼拜二的饮食摸索 ·

礼拜二，清晨第一泡茶，陈跃师兄昨日赠我的一罐1984年的大红袍，饮来深沉浑厚，如关公的青龙偃月大刀，亦如一早在读的翁同龢的一辈子，两朝帝师，四朝元老，厚不胜厚。大红袍饮到如此境地，darling，可遇不可求。顺便说一句，《翁同龢日记》带在身边看了两个月，看完不过瘾，翻箱倒柜寻出高阳先生的《翁同龢传》复习一遍，高阳对清史之熟络，治史思路之清逸，读来真是解渴杀念。

晚上赴赵城琦先生的怪局，吃饭饮酒尤在其次，重点里的重点，是我要求摸一遍赵先生收藏的日本细瓷，成千的香兰社。第一次邂逅赵先生，于仲夏夜的饭局里，赵先生站在我面前张口背诵我文章里的句子，男人半老，比徐娘麻烦得多，一生伟业不知从何说起。背完哗哗笑个不止，弄得我三滴冷汗直挂到耳垂下。然后赵先生塞给我一个破纸包包，"送给你的"。我打开破纸，腰细了，一套细得腻手的香兰社古董杯与碟，细细摸一遍，然后塞回给赵先生，"开什么玩笑，初次见面，我怎么好拿你这么贵重东西？"老赵再塞回来，"不贵重不贵重，我有一千多个这种东西，你拿着。这一套，没有一百年，八十年差不多。"当晚饭局上聊天，才知道老赵是矶崎新的左右手，著名的"馄饨皮"，上海交响乐团音乐厅，老赵跟着矶崎新，一起弄出来的。

先吃饭饭，吃得心不在焉，一腔心思，都在等一下的摸瓷活动，数度催促老赵和众饭伴吃好没有啊，终于人人酒足饭饱施施然起身，行过马路，到老赵的工作室，一栋小楼黯然，推门进去，从院子到屋子，杂物铺天横陈，一点点女人气息都没有，啧啧啧啧。桌上地上抽屉内外，到处都是散落的香兰社，简直美得像暗投的明珠。杂物堆里，还有一册崭新的《圣经》十分醒目，问老赵："你信教啊？"老赵歪歪嘴，"不是啊，那天我去测核酸，门口碰到一个老太太，跟我传教传了半天，最后塞给我这本《圣经》啊"。《圣经》旁边，一册《敦煌》，井上靖的，我先捡在手里，"这本送我了哈"。老赵又歪歪嘴，很肉痛地样子，"这本，我还没有看过耶"。

刚想开始洗手摸瓷，来了个程咬金，胡润带着一面孔无锡大阿福一样健康祥和的笑容，冲了进来，老赵说，"喝酒喝酒，厨房里坐"。只好先放下摸瓷，移步厨房，吃一会儿酒。胡润讲，"快要圣诞了啊，我儿子参加了核酸团"。座上人人大惊失色，核酸团啊，惊叹号。胡润"不是不是"连发，正了正音，"合唱团，圣诞合唱团"。跟洋人聊天，需要强健的心脏。老赵抱着茶叶罐子过来问："泡什么茶？水仙？肉桂？"胡润举棋不定，我替他拿主意，肉桂吧。老赵泡出来一喝，胡润几乎昏过去了，讲："从前我只喝铁观音，后来铁观音完全 out 了，我开始喝大红袍，现在大红袍也 out 了，我要喝肉桂了。"包子卷起袖子开始切褚橙，老赵递了个蓝花大盘子给包子，一边跟我讲，"老东西啊"，吓得我叮嘱包子手上当心。

胡润眉飞色舞，讲完儿子讲女儿："我女儿在某某啤酒馆打工，18 岁，啊哈哈哈，做服务员。她去面试，人家领班问她：'一天工作 8 个半小时，你想要多少钱？'女儿说：'100 块一个小时。'领班跟她翻白眼：'100 块，哼，我还没有拿那么多。'女儿不响了：'你说多少就多少吧。'30 块一个小时，去了两个月了。"

问胡润，两个月里，女儿小姐有没有变化？

胡润答："有啊。开始的时候，哭得不得了，服务员全部工作时间都是站着的，站不动啊。菜单上七十多种啤酒，那么多中文字，背也背不出来。现在好了，都没有问题了。你们你们，你们要多带朋友去我女儿的啤酒馆吃饭，让我女儿有机会给你们服务。"

再问胡润，女儿打工，为什么是餐馆服务员？

　　胡润说："我一直都是这么想的啊，一个人一定要学会两种本领，一种为别人服务，另一种，教别人学习。人一定要有这两种本领，才能做事情啊。"我听了默然很久，包子夜里回家跟我讲："胡润讲的这两个，是我们学校宗教课上一直讲的两件事情，服务于人，教诲于人。"

　　原来如此。是从宗教里来的。

　　胡润吃了酒吃了茶，兴致勃勃渣男兮兮地奔出去吃另一餐，临走，还反复叮嘱我们记得去他女儿工作的啤酒馆吃东西，飞一个媚眼，让我女儿有机会，给你们送上啤酒。

　　谢天谢地，我们终于可以开始摸瓷了。

　　老赵说，从底楼摸起。满坑满谷的香兰社，叹为观止。捡木盒子的打开来，一枚一枚摸，纸盒子的，根本没顾得上。一边啧啧啧啧不绝于耳，一边长吁短叹。老赵的香兰社，如今就是香兰社自己，也已经做不出来了，前辈工人喜完了，新一代匠人，手艺到不了那个地步了，粗、厚、浑，是一目了然的。捧着一件粉瓷，细极润极，托在手心上给老赵看，老赵讲："这套你哪里翻出来的，我怎么不记得了？"不计其数的茶器、酒器，香兰社娇滴滴的枝蔓花草，不可置信地，都落在老赵这个男人手里，我的天啊。底楼摸完，跟老赵上楼，二楼的古瓷，年代更久一点，许多还是绝了版的制作，老赵打开来给我看："喏喏喏，上次送给资中筠老太太的，就是这种的。"我歪歪嘴：

"这个我不喜欢。"老赵闻言大喜："谢谢你不喜欢，省得我送你了。看上别的，你拿走。"缓缓摸了一遍二楼，捡了一套酒器，问老赵，"这套贵不贵的？"老赵说这套不贵的。"那我拿走了哈。"包包结实，交到包子手里。身旁的雪莲姐姐，看上一枚青瓷盘子，秀极了，润极了，老赵教我们看，碟子边上的酱油线，优雅绝伦。老赵包了青瓷碟子给雪莲姐姐。然后来一句："我还有好多个箱子，在佐贺，你们等我运回来。"

　　摸完两层楼的香兰社，包了三样喜欢的，累得精疲力尽，跟老赵叹，darling 啊，原来做土匪，也是很累的生活啊。

◆ 愚园路的红顶白墙

◆ 有烟囱的红屋顶

◆ 愚园路上的街头

◆ 淮海路上的六叉路口

◆ 印象中的愚园路

· 包子三题 ·

唱歌

昨日在朋友圈内贴了几张包子的照片，被包子的粉丝们尖叫，要看包子要看包子。

好吧，礼拜天，看包子。

先看一篇包子小学时候的作文《唱歌》。

昨天，语文老师要我们全班唱歌，一个一个地唱，唱她要求的两首歌。

这两首歌，是老师假期前布置的。一首是张明敏唱的《满江红》，另一首是王菲唱的《水调歌头》。老师先让我们背下来，再让我们把这两首歌下载在 mp3 上，听到能唱为止。

这两首歌难唱得要死，一首快得像一阵风，第二首则扭来扭去，把我的声带打了好几个结，还让我的头脑短路，什么也想不出来，什么也记不住。

我好像没什么音乐天赋。以前，妈妈让我学过钢琴，结果我跟埃尔热——《丁丁历险记》的作者——讨厌画素描一样，讨厌得要命。四年级和五年级的时候，妈妈又送我去了学校的合唱团，我只好无奈地参加了。还好，每次唱完一个演出，会有一次 party。后来竟然要一边跳舞一边唱歌，没什么意思。五年级的时候，我们还学了竖笛，拼命练习，才通过考试。

现在你知道我和音乐的关系了吧。

现在继续讲昨天的事。在我之前唱的是 Lisa、Hanna、Harry 和 Carl。所以我是第五个唱的，也就是倒数第二个，我们班才六个人。当老师问，谁下一个唱的时候，大家都用他们尖尖的食指和尖尖的声音来表达：他！他是下一个。我自己却没有选择。我只好默默地站起来，再慢慢走到讲台上，对大家唱那两首讨人厌的歌。下面响起了嘲笑的笑声。本来，这些笑声会带给我快乐，而现在，它们却像恶魔发出的声音。唱完了以后，老师马上就说我不及格，叫我后天再唱一遍。我好惨。

我希望我下次唱能通过。加油，包子！

包子的作业

包子同学今年 13 岁，读七年级。最近学校布置功课，请学生每三人一组，以历史和国家为范畴，自择选题，做一研究报告，报告形式限三种，一小电影，二网站，三话剧。包子和他的合作伙伴，自定选题，世界上每 14 天便有一种语言在消失，这对人类社会有何影响？三个小人，初步提交选题的时候，打算以小电影的形式交卷，指导老师在审阅选题的时候说："请问你们有没有考虑过，这样一个题目，用小电影表现，是不是太困难了？"三个小人立刻知难而退，改变主意，做网站。包子吃晚饭的时候跟我讲，他的诸位好友，选的题目很缤纷，美国为什么要跟中国借那么多的债？中国帮会是怎么形成的？等等。那顿晚饭吃得我严重不消化，我这种魄力胆识以及眼界，样样都大幅度不够用的家长，在这堆 13 岁的小人面前，感觉万分地暮气沉沉。

隔天放学，包子回家跟我讲，他那个研究语言灭绝的网站，需要采访一位本埠的语言学专家，"妈咪你中文系毕业的，你可以帮我找专家吗？"我没有想到，对于这个课题，我居然还有插一手的余地，立刻疯狂电话亲爱友人，帮他找了某校的 A 教授。

包子给 A 教授的问题单子上，列了这些问题：

一问，请告诉我们您对语言灭绝的想法，是一件好事还是坏事？为什么？

二问，请告诉我们一些中国方言消失的历史。

三问，当一种语言消失的时候，还有哪些东西会跟着一起消失呢？

四问，语言灭绝的原因有哪些？

五问，上海为保护本地方言，做了一些事情，上海有上海方言的广播和电视节目，有上海方言的字典和地图，您觉得做得够吗？

A 教授给予的回答，精彩利落，包子同学满足得一脸痛快笑意。我旁观，顶顶过瘾，是 A 教授这样两句，一句斩钉截铁，语言灭绝绝对是坏事情。另一句忧心忡忡，上海算是有上海方言的电视节目了吗？我怎么不觉得啊，要是哪一天，晚上六点档的电视新闻，也有上海方言播出的，那才算啊。

跟着，包子跟我讲："我还要访问你呀，跟我谈谈你跟上海方言的关系。"

包子问："你的语言，也就是上海闲话，如果灭绝了，你会是什么感觉？"

我想了想，跟他讲，我从小到大，跟最亲密的人，父母和至爱亲朋，都是讲上海闲话的，要是上海闲话灭绝了，我会觉得仿佛失去了父母和至爱亲朋一样，会很孤独的。包子听了，很惊异，深深看了我几眼。我还跟他讲，要是上海闲话灭绝了，我心里好多细密幽婉的感觉，就无法用语言表达了，我找不到其他的替代词汇，来讲清楚我的心思了。

包子跟着问我："那你作为一个普通的上海人，为保护上海闲话做了哪些努力没有？"

我说有啊，我常常在自己写的文章里，跟读者分享上海闲话有多么生动，有多么细致，有多么幽默。

"还有呢？"包子一边记录一边问。

"还有啊，"我叹口气，讲，"努力教导自己的孩子，就是包子同学你，学讲上海闲话呀。"

至难的事

之一，darling，我现在是，常常要跟着包子混了，比如，饭局之类。

不久之前的良宵，包子被隆重宴请，伊是当晚主宾，我是跟着，去叨陪末座的。

主人家是美艳动人董事长太太，大手笔豪气宴请包子吃雪花牛肉，那牛肉霜花粲然绵密，美得不可思议。主人家太太不住口地嘱咐包子，多吃多吃。我在旁边，看得小小热泪盈眶。

席间闲话，太太讲起自家庞大生意经，伊家主营混凝土，公司里，光是混凝土搅拌车就数百辆，混凝土泵车数十台，就是那种长长鼻子的、能够把混凝土直接提升浇灌到三层楼四层楼很高很高的工地去的那种车，最长的鼻子，有 72 米之巨，一台这种泵车就上千万，鼻子稍短些，五六十米的，一台亦要500 万。包子一边吃肉肉，一边竖着小耳朵，听我们两个妇人讲这种硬质题材。太太讲，"darling 你看看，做生意有多么辛苦，别的不讲，光是这些混凝土车的司机，一辆车配两个司机，得有多少？darling，你不知道，做再大的生意，最难的，不是别的，还是管人"。我听来无语点头，这样的血泪经验，不是自己真刀真枪拼过，哪里会懂得？

那个良宵，包子吃肉肉，我跟着一起补到了。

之二，昨日，包子参加一项本埠国际学校越野跑比赛，下午三点放学之后，跟队友教练家长观众三十多人，搭校车，直奔滨江森林公园。五公里的越野跑，事先已有老师在公园内安排赛道、起点、终点、热身场地、饮水、如厕、医护等。因为是越野跑，全程赛道都在野外，荒坡河池纵横，老师全程划清白色粉线，以免选手迷路。所费心力，可想而知。

当日难得晴阳万里，空气清洁，蓝天白云，真真上等好天气。学生老师人人摩拳雀跃，意气风发，准备放手一战。然而，万事俱备，连东风都不欠的这种佳美时刻，你以为，一切都安排妥当、事事都考虑周全，正准备好好享受一场热汗淋漓、全力以赴的美丽赛事之时，却有一粒螺丝钉，出了问题。

darling，这粒螺丝钉，名字叫作司机。他迟到，他迷路，他转来转去疯狂迷路，半个小时的车程，他用了将近三倍的时间才抵达。还好的是，包子的队友、教练和老师们，训练有素，应变超强，扫兴与混乱，被默默控制在微小范围之内。一场动人心魄的赛事，于黄昏轻风里，奔腾举行。越野跑的种种美好，一一冉冉呈现。

赛后第二天的早餐，跟包子回忆昨日种种细节。小人讲，办一场比赛，组织者真的很辛苦，光是画那些白粉线，就花多少力气和时间。然后小人笑嘻嘻跟我讲："昨天下车的时候，我看到司机叔叔看我们组织老师的眼神，太惨了，那个司机叔叔，大概觉得自己肯定要被开除了。"吃完早餐，出门等电梯的时候，小人又来了一句："妈咪，最难的，不是别的，是管人。运动比赛，也是一样的。"说完，小人骑车出门，上学去了，留我在门口，意犹未尽发了个长呆。

· 滔滔嫁女 ·

滔滔夫妇嫁女，天一样大的喜事。一路小跑，奔赴喜筵。

进门大力拥抱新娘子父母，热泪盈眶发自肺腑说三遍恭喜恭喜。新娘子是巴黎长大的上海小姐，新郎是硬堂堂的德国男生，喜筵现场人文环境相当复杂。首场婚礼已在德国某海岛举办，婚礼之后，一对新人从德国搭火车，一程一程搭到上海，如此的蜜月旅行，多么丰盛悠长一生回味。上海这一场，是第二场，最最主要的目的，是为了新娘子的上海奶奶，85岁高龄的老人家，宁波闲话叫阿娘。当晚十分动人的一枚细节是，全场宾客，无论种族母语，德国人、法国人、日本人、美国人，人人一句字正腔圆的阿娘叫得琅琅上口甜蜜芬芳。老人家翩翩银发，娟娟红妆，那份摩登以及挺拔，富含宁波女子的强悍坚韧与上海女人的优雅剔透，让我蓦然想起了虞姬，那个霸王的女人。当晚除了新娘子，阿娘绝对是女二号。这样的老妇人，我城，恐怕也就剩这一辈绝响了。

近年的真理是，上海女人，老的，比小的，好看两万倍。

开筵之前，与旧雨新知觥筹交错。米歇尔远道自巴黎来，胸口挂一架小巧玲珑的老派照相机，跟满场菲薄如纸的手机格格不入，最爱这样的人间清流。我们好几年不见了，贴面左右亲两个，开口第一句，是问候他家的猫蜜蜜，素姬好吗？素姬是他家的缅甸猫蜜蜜，典丽雍容，赛过万人迷。

喜筵不点蜡烛，不切蛋糕，不倒香槟，不走红地毯，因为滔滔不喜。这四件上海滩婚礼 must do，一件都不让干，婚庆公司目瞪口呆、束手无措。老丈人滔滔一脚踢飞婚庆公司，容光焕发挺身而出，自任金牌主持，言辞机锋聪明，生趣飘逸盎然。嘉宾献辞，某国驻沪总领事，口袋里摸出演讲稿，英语致辞、日语致辞、法语致辞，然后以一口秀丽端庄普通话朗读演讲稿，其中深情满怀，赞美滔滔，于某国以及某国人民，积年累月，贡献无数，是恩人一枚。此语一出，我于喜筵上幡然笑倒。

新娘母亲致辞，看着台上美好的老闺蜜，一句一句，慢慢祝福女儿女婿，从今往后，将照顾女儿的重任，交到了女婿手上。老闺蜜甜美地讲，很放心，女儿找到了一个非常好的女婿。某日去看望女儿，竟然看见女婿在给女儿熨烫裙子。说真的，一整晚激情四射的喜筵，动人言辞数不胜数，最最让我难忘，却是老闺蜜这朴素的一句家常话。天下的母亲，根本不关心女儿所嫁，是有钱还是有势，她关心的，只是谁会心疼女儿的冷暖，待她如心肝宝贝。

第一支舞，自然是滔滔与女儿翩翩起舞，一身白色旗袍的新娘子，美极，甜软极。最爱看喜筵上，父亲与女儿的这一支舞，没心没肺的娇柔任性小女儿，自今往后，为人妻，为人母，成长为大地之母一般百折不挠要什么给什么的妇人，这种剧烈的成长，男人哪里做得来，只有女人，是这个人世不绝如缕永远悠长的赞歌。舞毕，女儿给予父亲的盈盈一拜，娇美深沉，像足小津安二郎的演绎。我这个旁人，亦是热泪夺眶。

事后数日，与滔滔闲闲吃茶，赞美喜筵有品有格，亦笑他，请柬写得真够直率，务必正装四个字，一字不漏写在上面。滔滔白我一眼，"没办法，不写的话，估计至少一成客人会穿短裤来"。然后再补一句："我跟侬讲，办喜筵，要想弄得体面，不能请两种人，老人和小人。"

这番闲聊之时，我家隔壁，陕西路上著名的马勒别墅里，正在轰隆隆地举办婚礼，慷慨陈词地动山摇，还抽奖还抽筋，几乎个个周末如此。这种小型扰民事件，自然不宜敲打110。住他家隔壁，真是小累赘。下一个周末，我想还是去朱家角吃茶避一避的好。

· 礼拜三的娘舅 ·

礼拜三上午，带包子去见周家荣医生，周医生是整脊大师，一手正骨绝技，独步当今，手法轻灵，稳准狠，点到即止，是我见识过的，手上功夫最厉害的大师傅。初识周医生的时候，以为整脊正骨就是骨头们的事情，慢慢才知道，中国人传统精绝的整脊术，是调养全身健康、治病救人的一整套方法。出入周医生门庭一年，我使用了半辈子、狼烟四起的身体，重回活力青春，让我精力弥满，每天可以不知疲倦地小跑步着做这做那。记得第一次见到周医生的时候，周医生望闻问切完了，跟我讲："石老师，你给我半年时间，我让你年轻5岁。"我听了，眼睛都没眨，跟周医生讲："5岁太少了，8岁好不好？"周医生瞠目不已："侬侬侬，这个也可以讨价还价的吗？"事实是，一年之后的如今，8岁岂止，10岁有余。

带包子去给周医生看看，进门，包子规规矩矩叫周医生好，周医生"哦唷哦唷"两句，欢喜不已地跟包子讲："叫娘舅叫娘

舅，到我这里，就是到娘舅家里了。"一边讲一边塞个大红包给
包子，糖果饼干塞了包子满手，吓我一大跳，拉都拉不住，周
医生一身武功，我哪里拉得住他？腰细了，"周医生侬侬侬，哪
有医生给病人塞红包的？"

包子站着、坐着、躺着，让周医生看了一遍，脊柱的弯曲，
腰部的小问题，两脚的长短相差半寸，等等，于周医生手下，
10 分钟搞整齐了。周医生对包子的骨骼、肌肉、筋膜、肝肾状
况，赞不绝口，我这个妈咪，比多疑的革命党还不肯放心，请
周医生摸一遍包子的五脏六腑，周医生闭目细细摸了一遍，让
我放心，叮嘱包子油炸食物千万千万不要吃。我在旁边插嘴：
"格么，春卷可以吃吗？"周医生讲："春卷可以，油条也可以，
一个礼拜吃两趟没有问题的。"然后抓起包子的两手，一手一
手仔细看过，"哦唷"一声大叫，我吓得又是一跳，周医生讲：
"这个小人，这个小人，智商高绝高绝，我没看见过这么长的智
慧线。"

周医生的这身功夫，是幼年开始，拜在童品山大师门下，
一边习武一边学得的，如今，懂得这门整脊绝技的，仅剩周医
生一人了。可惜可叹。

每礼拜去见周医生，整理完身体，跟周医生吃吃茶讲讲闲
话，零零碎碎，听了不少逸闻。比如，当年周医生去考中医师
执照，人家告诉他，要考英文的，周医生就呆掉了，然后脑筋

急转弯，跟人家讲："你们五位考官，我们一起到街上找一个不能走路的病人，30分钟里，我要是能让病人站起来走出考场，你们给我医师执照好不好？"我听了笑喷一口热茶，笑完了，心里难过了久久。再比如，周医生跟我讲："中医诊病，讲究望闻问切，闻，就是闻气味，现在有几个中医会闻？病人走进我的诊室，还没有诊脉，我闻就闻到他病在哪里了。侬侬侬，侬一年之前刚刚来我这里的时候，身上也有湿味道的，现在没有了。"

最佩服周医生，是我的心脏一直断断续续有点小问题，一急一累，难免心慌胸闷气急败坏，到了周医生手下，替我整理了脊柱混乱的经络肌肉们，两次治疗之后，心脏的困苦一扫而空，而且再也没有反复过。真真绝活。后来，多次亲眼目睹，周医生替濒临要装心脏支架的病人，解决了心脏难题，免除了装心脏支架的辛苦。真的是感动不已。

◆ 静安寺的静与安

·六太太·

辜太太

辜太太是我十多年老友，深闺陈酿级的。不过这么多年里，每一年，我也就跟伊见个一面两面，连电话亦通得稀少。倒不是没有时间，伊是闲人，我亦不忙，而是因为辜太太实在太过迷人，见得次数多了，老实讲，我有点怀疑自己，是不是会失去分寸颠倒过去。再说呢，每见一次，伊之举手投足一颦一笑，足足够我回味半年，我亦不饥的。

辜太太是非常细致非常古典的上海美人，眉眼骨骼，衣食举止，一样一样，无不细致得跟薄胎白瓷一样，这样子的上海女子，如今已经十分少见了。自从认识伊，我便觉得，伊是我心目中，最有说服力的上海美人，我要是写《长恨歌》，不用跑档案馆，亦不必翻老照片，没有比辜太太更现成更精准的模板了。

辜太太一张巴掌小脸，淡眉轻轻挑起，丹凤眼眼波悠长，顶顶杀人是一握楚楚动人的尖下巴，整张脸，每一块细骨都精致得不得了。整个人儿，从上看到下，最是一双脚踝，让人凝神，真真婉约得如珠如玉，比多少女人的手腕都来得细嫩。伊颈间一年四季垂一粒珍珠，仅仅一粒，微茫一点秀丽，淡而不薄，巧巧点睛到十分。而我三生有幸，于暮色四合里，一闪身，进了辜太太的家门。那些黄昏，伴在伊身边，跟伊饮杯淡茶薄酒，我的心思，常常如同深山里的青岚一般，汹涌弥漫得铺天盖地。

可是辜太太这样深幽古典轻拿轻放的女子，偏偏有个绝色破绽。伊呀伊，伊竟然长了张刀子嘴，这真是上帝造人，造美人的神来之笔。还好，辜太太长了一条细脆薄嫩的嗓子，伊要是再长一条善唱香颂的腴美深喉，那真十足尤物了。跟伊闲闲坐着饮食吃喝，听伊一张刀子嘴八卦古今，说到激越处，丹凤眼那么凛凛一横，真是让人心碎得粉粉的。

辜太太顶顶动人，是伊的出入寻常巷陌，伊不是富家太太，亦不是千金小姐，伊是弄堂深处活色生香的本埠走地美人。所谓碧玉，仿佛就应当是辜太太这样的女子。今生第一次见辜太太，是在伊做事的琴行里，跟伊买钢琴，不过30分钟的送往迎拒，我已经爱死伊的美貌和滴溜溜的伶俐，深深惊叹天涯芳草，居然真的无处不在。

而这十几年里，辜太太一直是离婚独居的女子，我十分十分地怀疑，本埠男生是不是都瞎了眼睛。

辜太太最匪夷所思，是伊的年年进步。隔一年去见伊，一定是愈发地秀妍细嫩幽香袅娜。岁月跟伊真是好商量，从来不肯摧毁伊的花容一角，只会殷勤添伊的圆熟韵致。这种真人真事，直面起来，怎么不叫人气馁？

苏太太

苏太太算是我的一等好友，伊是那种有本事叫人一见难忘的美妇人。气度是要雍容有雍容，要家常有家常，样样不缺，一忽儿叫人敬，一忽儿叫人疼，往那里一站，天啊，20岁的娇，30岁的嗲，40岁的糯，50岁的苍茫，浑然天成在伊周身上下，不要说男人，连我这种闺中密友，亦是见一次心潮起伏一次，次次痴得心甘情愿的。

苏太太讲话不徐不疾的，偶尔遇事不爽，也讲究蹙眉发个迷你小狠。伊的习惯动作，是跺一跺脚，别人跺脚我是从来不上心的，惟是伊跺脚，每一跺，都跺在我的心尖上了。苏太太一年四季里头，起码有两季半是光脚穿夹趾凉拖的，这种玉色纷呈的双足，在荒凉地球上翩然一跺，委实艳光四射惊心动魄，无论多么铁石的心肠，此时此刻，一定百分百墙头草地倒向苏美人了。

苏太太如此美人，却也是有问题的，伊的这个问题，也是叫人一见难忘的。伊的问题是，天啊，这是个尺寸如此巨大的女人，起码在我的认知范围里，伊是个绝无仅有的奇迹。具体来讲，我跟伊并肩的话，撑死了，及不到伊的胳肢窝。苏太太跟人初见，通常会十分腼腆十分抱歉地，小小声跟人家讲，"不好意思哦，我长得这么大只"。一边说一边满面的杏花春雨绯红流觞。说真的，我当年初见苏太太，也瞠目结舌过，也叹为观止过，面前骤然耸立起如此一位巨幅美妇人，绝对是平淡本埠生活中的拍案惊奇。还好伊老公及时在旁边救场提点，我太太从前是台湾地区的排球运动员哦。苏太太含羞垂首默认前世今生。

苏太太十分喜欢送我东西，件件别致摩登，趣致无穷。春天送我英国花草茶，妍丽芬芳，春情荡漾。夏天送包子翡翠绿的 T 恤，卡其藏青了半年的包子同学，也蓦然小妖了一下。秋天送我台湾卤鸭翅，秋夜漫长，深宵读书，擎着鸭翅，真真不寂寞。冬天送我开司米大披肩，滴滴软的开司米，细暖我一个寒冬。还有一样绝色东西，苏太太不分四季地绵绵送给我，是什么妖怪东西？沐浴露。世界各地各种漂亮牌子、漂亮瓶子的沐浴露，樱花的、石榴的、杏仁的、柚子的、椰奶的、橄榄油的，应有尽有。我也急了，跺一跺脚，跟伊发狠，很多很多了，洗到明年都洗不完了，darling 不要再送了。苏太太吃惊地看住我，细声细气跟我讲，多一瓶会死吗？

看起来，大只的女人，不仅身材尺寸可观，心胸尺度也宏阔动人。有这样的好友，我狭隘了半生的世界观，常常得到大刀阔斧的修整，如此真是，人生一等痛快并淋漓的艳事。

姜太太

初识姜太太，是在一个夏日闲散派对上。

那种阳光热辣、心情奔放的草地派对，本埠精英女子一个个穿得波希米亚兮兮的，仿佛很随意，人人摆出一副视盛装为粪土的世界观。其实件件衣衫，角角落落一一下过全幅心思，一针一线暗里无不咬牙切齿，偏偏人人道貌岸然，疑似没心没肺嘻嘻哈哈。

然后精英中的精英姜太太，就淡然走了进来，然后我一眼一眼立在阴暗角落里，仔仔细细端详了伊 10 分钟，然后我战战兢兢走过去，下定决心搭讪伊，下定决心今天下午就要认识伊，然后我成功了，然后就跟姜太太成了不渝的死党。

姜太太那天很出格，人家女子统统是内紧外松假扮的一整套波希米亚，伊不是的，伊是外面松里面也松，是表里一致的波希米亚，乱蓬蓬，啪嗒啪嗒旁若无人横冲直撞，没有比这种率真女子更可贵更可亲的了，尤其是，人家姜太太是人到中年的女子，想想看，有几个中年女子还能够残留如此赤子心肠？我曾经热气腾腾向姜太太剖白过，当年伊那种深入骨髓的波希米亚精神，如何在烈日之下一枪击中了我的胸膛。姜太太呵呵乱笑，用一口极蹩脚的港式普通话哗啦哗啦跟我讲，哇，我波希米亚？呵呵呵呵呵呵。

后来每次见姜太太，伊都是风格一致地乱蓬蓬，乱得与众不同别具一格，我无法用文字形容那种乱，以及那种迷人。大多数时候，中年女子一乱，基本惨不忍睹天昏地暗，偏偏姜太太那么一乱，乱得苍茫浑成，乱得一派气象，乱得如此有风格和品格。伊每次都是顶着一头乱发出来的，极其普通的中年身材，一件烂漫艳美的棉布花衬衣，一年四季平底花鞋踩来踩去，然后手上一定有一二三四五个大大小小乱轰轰的包包，伊是三个稚龄孩子的现役母亲，永远忙得鸡飞狗跳分身乏术。

可是，伊还是照样迷死人。

后来我才知道，今天精英得不近人情的姜太太，原是生长在一个俭素的农民家庭里，是家里十个兄弟姊妹中最末一个，永远被忘记、被忽略、被丢来丢去长大的一个女孩子。伊从小在乱纷纷的一大堆人里拥挤着，坚定不移地看准自己要的东西，稳准狠地夺过来，这样才不会饿死，这样才有书读，这样才出人头地。难怪我这种一清如水的家庭里长大起来的乏味女子，对姜太太会沉迷得不可自拔。伊那种丰盛繁荣，那种苍茫乱相，那种旁若无人，都不是我操纵得来的品质。伊像足乱世里的女枭雄，而我则是那种天真得可耻的单薄小女子。

尤其难得的是，姜太太一身的乱，却乱得极干净，不沾一个脏字，真真人间少有的奇迹。

乌太太

乌太太妖娆轻肥，以中年的年纪来讲，这点小小肥，真真不算什么，惨淡的是，乌太太那点肥，肥得极不是地方，浑身上下处处清瘦怡人，惟独肥了个脸颊。那两个中年之腮，见一次肥圆一圈，鼓涨鼓涨，摇摇欲坠的。这把年纪还天真兮兮顶两坨婴儿肥，就有点那个了。偏乌太太那人，还喜欢瞪眼，说到激越处，或者听到精致小段子，再或者吃到私房好吃的，一律瞪圆了两只精光四射的大圆眼睛，整个人的场面，啧啧，比较高潮的说。

乌太太年轻时候是四方有名的美人，伊是唱戏的，不仅会得唱，还很晓得做，做人的那个做，人前人后，着实讨人喜欢。所以伊出道极早，小小年纪已经红得什么似的。我第一次见伊，觉得真是从心底里亲上来。那是乌太太的独门绝技，伊就是有本事，让陌路之人跟伊在片刻之间亲得兄弟姐妹似的。乌太太有个老戏迷，迷伊迷得七荤八素，日日黄昏坐在伊楼下小咖啡馆里，坚持不懈，一坐就是八年十年，浪漫得腰细垮了。一年里厢，乌太太大致会有那么一两次，从咖啡馆里急招那位老戏迷上门，于水漫金山的场面里，抢修抽水马桶或者其他什么。那老戏迷，一年里厢有了这一两次大补元气，亦就誓死无悔了。

乌太太是谈过无数恋爱的，那么标致的人，多点男人追，也正常不过，偏偏没一场是称心的。后来年纪大起来，戏也唱得阑珊了，就有点心慌，不知怎么，胡乱在名人堆里拣了一个嫁过去，嫁之前，隐约就知道名人有相当糟糕的名声，乌太太也算见过世面的女人，不知是中了什么邪，竟然赴汤蹈火地就嫁了。或许那个时候，乌太太还有十分高满的自信，以为凭着自己的手段，总也能叫男人收心服帖。结果却是，不两年，就闹得满城风雨的，乌太太还是拎着离婚纸一身凄惶地回来了。

从此乌太太死了心，不再谈婚论嫁，专心一意置房产，十几二十年里，屯起的房子，光房产证就塞了扑扑满一柜子。大概早年唱戏养成的散漫习惯，伊喜欢住大宅子，着华丽衣衫，一个人，硬是将孤清的日子，过得极是隆重繁华，忙不胜忙。

以为乌太太这小小一辈子，也就如此这样了，那可是大大会错了意。乌太太虽说在那场短命的婚姻里，伤得血淋淋的，可是伊的脑筋十分地清楚，该死的，是万恶的婚姻，而绝不是男人，对天下黑白黄形形色色的男人，乌太太依然有无限澎湃的兴趣。顶顶要命的是，这位乌太太，口味十分小众十分偏门，多么优质的男人，伊都泛泛不上心，惟独对人家的老公，兴致无比勃勃，瞪圆了两只灯泡一般的大圆眼睛，于人丛中狠狠猎奇，我每次静静旁观，都吓得两手心的冷汗。

所以说，万万不要让女人受伤，伊人们受了伤，天下可是要大乱的。

麦太太

我女友麦太太，中等姿色，轻熟、细软、蓬勃、八面玲珑，人见人爱那种，我们做了好多好多年的密友，我一直默默景仰伊。麦太太倒不是女中丈夫，也没有赚很多铜钿、写很多著作或者领一个领域的风骚，都没有，麦太太就是一介普通家常太太，可我还是无法可想地景仰伊，一个人黯然发呆的时候，经常偷偷拿伊出来想一想，想到深沉处，不免自己跟自己叹很多的气。

麦太太顶顶动人之处，是伊的声情并茂，天啊，伊是对每一天的小日子、每一餐茶饭、每一张唱片、每一个拐弯抹角的细节，一一声情并茂的女人，伊的人生绝无冷场，亦从不褪色。麦太太的那种丰盛饱满，常常让我瞠目，并自叹弗如。纵观我的小半生，除了麦太太，再也没有第二个人，包括气势雄伟的男人和野心勃勃的女人，对人生，状态自始至终能够这么佳。感谢菩萨，让我拥有如此能量满满的一个女友，抑郁的时候、胸闷的时候、心烦心焦的时候，想到有麦太太这样的楷模，我总是能够豁然开朗起来，鼓起一点跟人生再奋斗一下的勇气。

麦太太多年前移居美国，过起半隐居的日子，于一个好山好水好无聊的小城。我一直替伊担心事，那么热闹繁华的一个女人，好好的盛年，竟然去过静悄悄的日子，岂不是要闷到半死？事实证明，我的小人心思不足挂齿。麦太太声情并茂的人生态度，在美国，一如既往得到发扬光大。只是呢，长年寄居海外的麦太太，终究也染上一种病，母语饥渴症。每年的夏末秋初，是麦太太回沪省亲的定规日子，伊的母语饥渴症如火山喷发，海啸过境，真的势不可挡。我在这种日子里，作为够意思的骨灰死党，唯有万死不辞陪伊讲话，从普通话讲到上海话，从上海话再讲回普通话，车轱辘来车轱辘去，片刻不停。要是麦太太也有点野心，肯让我录个音，完了之后拿出去，周立波就休想卖票了。

麦太太近年多了个小爱好，伊欢天喜地爱上国产小家电，每年回沪，除了全身按摩和一天吃六顿中国饭，第三件大事，演变成扑东扑西买小家电。豆浆机、豆芽机、酸奶机、爆米花机、面包机、眼睛按摩机、泡脚机，琳琳琅琅，爱不释手。麦太太新天地、田子坊都不爱晃了，就泡在这么一大堆玩具里，兴致勃勃玩了又玩。我于是很要命地，日夜坐在麦家，一边听母语饥渴症爆发，一边不停嘴地吃豆芽、吃酸奶、吃爆米花、吃面包，吃到梦里频频抽筋。我想我这个月应该可以登上《良友》杂志的封面一次了。

今年麦太太返美前夕，吃得小小醉，忽然十分迷茫地讲："darling 啊，侬讲讲看，到底是应该拿这些小家电背去美国呢？还是应该把自己搬回上海了？"

我目瞪口呆望住麦太太，倒不是伊的问题难倒了我，而是我，平生第一次，看见勇往直前的麦太太，萌生了萧条退意。

岁月荒荒，我一向声情并茂的女友，终究亦是黯淡地老了。

朱太太

初识朱太太，伊 18 岁，我 17 岁，同学少年，青春乌啦啦。

朱太太苏州人，肤色天然黝黑，眉眼阳光闪烁，喜欢戴很大很闪的耳环。年轻时候，颇有点黑里俏的深甜味道。不说明的话，似乎不会想到伊是苏州人。我一直很呆很一根筋地以为，天下的苏州女子，都是戏台上唱评弹的那种模样。可是呢，我跟朱太太都生错了年代，这么多年里，我看伊穿牛仔裤的日子比比皆是，穿旗袍的日子，好像一个也不曾有过。讲到这一点，我连掐这个苏州女人一把的心思都有了。跟朱太太贴心贴肺要好了几十年，除了旁听伊跟家人讲电话，从来也没有那种荣幸，听伊跟我讲讲又嗲又酥又鬼灵精怪的苏州闲话。这要算是我们姐妹淘之间的一件迷你恨事。顺便说一句，我另有一位苏州人的男友，饭桌上讲讲苏州小段子，口气极糯，意境极冷笑话，真是一级棒的民间娱乐。

朱太太极恬静的女子，伊是遇过不少大事的人，生死，聚散，迁徙，一件一件接踵而至，伊都波涛汹涌地经历过，讲起来一寸一寸都是可以声泪俱下的。可是朱太太脸上身上，干干净净，一尘不惊，叫人真是无比的服气。跟伊坐在一处，我乱蹦乱跳的一粒疯心，都会静静摆平。这个大概是天生的气质问题。如果画一幅朱太太在芭蕉窗下读闲书的油画，画成了，你看吧，那不是人物画，而是静物画。天下守静的女子，个个都是万里挑一的好女子。

朱太太是家里三兄妹的小妹，天然一种妹妹气韵，玫瑰豆酥糖一般香甜可人。不过呢，婉约娇柔之中，亦有一点隐忍，一点咬牙。朱太太暗地里讲过，从小被大哥疼，却也要跟二姐争父母的宠，一争就争了小半生，姊妹俩人到熟年才熄火休战。天下的小妹，大多会嫁大哥型的男人，朱太太亦不例外，顺顺利利嫁给一个大哥气质浓郁的北方男，从此小鸟依人，花好月圆。顺便讲一句，经过了一两代的独生子女之后，这种大哥气质小妹气质，好像都快绝迹了，满街行走着的，都是扁扁平平的独生子女气质，真真无味极了。

朱太太如今跟我别城而居，我们每年见面，不好意思，重点是吃。某年隆冬，我深夜奔到伊的城，出了车站，漫天的雨，朱太太黑咕隆咚地开辆明蓝跑车眼明手快地来接我，一钻进伊的车，轰隆隆的音乐劈头盖脸砸下来，伊嫣然一笑，贴心地讲："darling，带你去吃无骨鱼哈。"我疲惫不堪地栽倒在车座上，一步跌回 17 岁疯狂无羁那片深紫色的岁月里。

各种老式家具
红木家具
柚木家具
各种小件等
电话：
13´67295218

◆ 门面

· 小楼轻寒　书声仍稠 ·

庚子暮冬，坐困愁城。

与窦福龙先生约，烦请先生继续讲些评弹往事，给我这个后辈听。上一次听窦老讲古，还是 2017 年的岁暮，弹指间，已是好几年的流水光阴。窦老一口应允，择了日子，于兴国路的小楼里，翩然开讲，自午后两点，一路讲到深夜十点半。窦老八旬老人家，全程眉飞色舞，一无倦色，讲到沉痛处，长吁短叹，露老烟荒；说到精彩时，春帆细雨，独自吟哦。真真不胜良宵。

"我小时候，50 年代末，读初中辰光，家住在凤阳路上，学校放暑假，我日日去附近的沧州书场听书。那个时候，我家里还可以，母亲给的零用铜钿不少。那个暑假，正好碰着金声伯先生来开书，我没有听过金声伯，不知何许人，一听么，不得了，书好得不得了，乃么日日被伊吊老，整整听了伊一个暑假。那个时候书票，便宜点，1 角 5 分一张；贵一点，2 角 5 分一张。母亲给的零用铜钿，日日早上要吃早茶，每个礼拜要看美国电影，还要天天听书，常常不够用。据说，金声伯先生就那么一个暑假两个月，到上海开一档书，收档之后，拎了满满一皮箱钞票回苏州，回去用这个铜钿，买下了颜家巷的大宅子，落落宽敞，足足有两个园子，从姚荫梅先生手里买下来的，变成了金家庄。金声伯成为说大书的第一人，苏州无人出其右，他的《包公》《七侠五义》《武松》，好透好透，轰天大响档。

"不过，有一年，金声伯在码头上开书，说《武松》，开了几日书，想不到生意一日比一日差，从来没碰到过，弄不懂了，什么道理？四周一打听，乃么弄懂了。原来金声伯之前，码头上，上一期，杨振雄、杨振言兄弟刚刚说过《武松》。怪不得，杨氏兄弟的《武松》，天下一品，那时候的听众多少识货，刚刚听过杨氏兄弟的《武松》，金声伯的是没人要听了。金声伯聪明，马上于一日之内，拿《武松》统统表光，第二日开始，接《宋十回》，讲宋江了，生意马上上去了。

"从前评弹的老先生，码头上打滚，人人一身好本事，竞争激烈。演员好，楼上楼；演员不好，楼下搬砖头。硬碰硬，靠本事吃饭。现在不是了，演员都是国家养起来了，没多少本事，饭也吃得蛮好，还竞争点啥？再讲，观众也不是从前的观众了，演员在台上，下头观众一塌糊涂，演员如何兴奋得起来？如何说得好书？现在电台里也播金声伯从前录音的《白玉堂》《包

公》，侬去听听看，那个，怎么能叫是金声伯呢？金声伯根本不
是那个样子的。道理我讲给侬听。当年电台录音、电视台录像，
金声伯老脑筋，想想我说一集、拿侬一集铜钿，我做啥说得那
么快？一集里都给你？就拿书说得慢下来，一慢么，节奏松脱
了，不精彩了，那个书还有啥听头？再讲，录音录像那种事情，
演员一个人在上面说，下面空荡荡，是没有听客的，再好的演
员，也独自兴奋不起来，书当然大打折扣。我很幸运，年少时
候仰慕的偶像，金声伯、杨振雄，这几位首屈一指的评弹大师，
想不到中年以后，竟然与他们都成了知己至交，这是我根本没
有想到的。金声伯私下给过我一点录音，他说的《后包公》，
三十回书，跟我讲，给侬一个人的，侬听听看。那么，叫金
声伯了，精彩极了。我记得，粉碎'四人帮'之后，有一年去
香港演出，当时香港听客并不认得金声伯，金声伯是正当年时
候，全神贯注，说得好极，那个精气神，赞是赞得来，呒没闲
话了。亏得当时有听客暗暗录下来，今朝我们还听得到金声伯
全盛时期的丰神。

　　"某年，我们几个人，张振华、潘闻荫、我，约好了，去
苏州跟金声伯一道白相，于东山宾馆住一个礼拜，租了部黑车，
跑东跑西。金声伯带路，伊是老苏州，熟得不得了。紫金庵看
十八罗汉，伊一进去，人人认得伊。我们一路去吃饭，大店小
店，老板厨师，没有不认识他的，苏州地界上，金声伯吃得开

得不得了，到处是伊的书迷，声望高，地位高。

"从前的评弹老艺术家，侬不要看他们在台上活龙活现噱头好得不得了，平时生活里，大多不声不响，不大多讲话的。但是有一点，侬不好讲到艺术的，一旦侬讲到艺术，乃么好了，这些老艺术家，一个个，滔滔不绝，煞车煞也煞不牢。蒋月泉这样，杨振雄这样，金声伯也是这样。那次我们四个人在一起白相，大家叫我引金声伯讲话，拿他的牙引开来，然后他就话多了。'书灵吗？我自己横出来的，先生教的，讲光了，没了，场子里生意那么好，哪能舍得结束掉？自己动足脑筋，一边编一边说书说下去。'老先生们都有这个本事。张如君的父亲张玉书，老前辈，说《三国》，他住在鸭蛋桥，阊门那里，接了个场子，在虎丘的，说《后三国》，说到后来没有了，师傅传下来的，说光了。哪能办？自己横下去，一边编，一边说。张玉书每天从家里出来，往书场走，一路走一路想，走到书场，当天的书，想好了，揩一把脸，上台说书。这个么，真真好本事了。从前的说书先生，要过好日子，要人上人，就是这样拼命。

"我曾经跟金声伯讲，你们啊，真真是一将功成万骨枯，天下说书人多多少少，就出来你们这几个人，其他的，统统喜光了。原因么，先天的天赋，后天的用功，时代大环境，等等等等。

"京剧艺人李桂春，讲他的两个儿子，李少春和李幼春，幼

◆ 上海牌带鱼

◆ 皮箱、热水袋和画

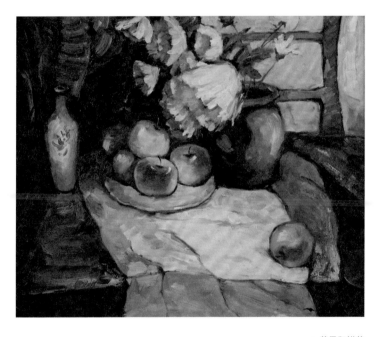

◆ 苹果和鲜花

◆ 阳光下的上海音乐学院

◆ 夜幕下的上海音乐学院

春是有什么、吃什么；少春是吃什么、有什么。大推大板，艺术的两种境界，讲到底了。

"前些年，我编了一个戏，《孙武与孙玉》，戏排好，拿到苏州去演，光复书场，我跑去一看，条件交关好，窗明几净，台上官帽椅，像模像样，舒舒齐齐，我心里相当满意。等到开戏，听客进来，乃么不对了。这些人，根本不是来听戏的，是坐了家里没事体做，跑出来嘎山胡的。乡下听书，台下听众讲闲话、结绒线、拣小菜、折锡箔，样样有。我心里想不落，天地良心，我写的戏，是给你们这种人听的吗？侬想想看，台下是这样子的听客，台上的演员，会起劲吗？会有刺激吗？格么，演员就马马虎虎说说书，完成演出任务算数。长此以往，书怎么会好？

"从前的说书先生跑码头，一路背了琵琶弦子和行李，坐长途汽车、坐轮船，辛辛苦苦，一点一点过去，开了书，吃了码头上，睏了码头上。现在江浙沪很多书场，都配套建有不错的住宿设施，年轻演员根本不要住的，人人有车子，当天戏结束，自己车子开回来。稍微有点小名气，到了码头上，天天夜里被听客请去大吃大喝，老酒吃得一天世界。侬讲讲看，戏，哪能会得好呢？"

君知六代匆匆否？

今夕沙边有雁惊。

· 滔滔的敦煌往事 ·

　　2013 年的早春，老友 Y，独自晃在京都赏樱。那个时候，我国游客还没有大规模地远涉京都，早春赏樱，于十年之前，仍是一件贞静安详的雅事。

　　Y 于旅途上写了句留言来："darling 有什么想念？讲讲，带回去给你。"

　　跟 Y 讲："京都的京果子，带点来吃吃，想煞了。"

　　"darling 讲一下，去哪里买？"

　　"龟屋良永，于寺町通。"

　　隔了几日，Y 回到上海，遣司机送了龟屋良永的两盒子点心来，一边泡茶吃新鲜点心，一边跟老友电话道谢。Y 客气，电话里跟我讲："是我要谢谢侬，还好跑去寺町通给你买点心，买完你的零嘴，我往里面晃了一歇，晃进一间古董铺子，买到一件宝，日本人出版的，《敦煌之美百选》，写真集。那个铺子不收信用卡，我为了付钱，还颇折腾了几个来回。"

不关心付钱的事情，直接跟 Y 讲："格么，敦煌拿给我看看啊。"

当时住在遥远的浦东碧云，Y 二话没有，隔日再遣了司机，将敦煌写真集，殷殷送了来。

灯下一看，吓我一跳，如此的敦煌，是我从来没有看见过的，色彩饱满斑斓，焕发得不得了，跟新鲜白灼、滚水里刚刚捞上来的一样，线条精软松圆，人与神们的姿容表情，一一活泼可期，完全没有风吹雨打的毁灭感，沉静犹如旷古绵绵。翻几页，于屋内团团转两圈，坐下再翻几页，心下激动得无以言表，美极美极，太嗲太嗲，敦煌原来是这个样子的，难怪难怪，我们见惯的，通通都是假敦煌了。

然后直接跟老友讲，放我这里三个月，让我看个饱。

老友落落大方，"可以可以，一个条件，darling 帮忙，把书中序言，翻译成中文好不好，让我也可以看得懂"。

然后我开始静心研究这册大书。1978 年 11 月出版，编者圆城寺次郎，日本经济新闻社出版，用纸、印刷，都是日本顶级，印数 800 册，手中这本是第 572 册，全部图片，均由手工贴制，极尽精工细致，美轮美奂。书中序言有多篇，从井上靖到圆城寺次郎，斟酌了一下，捡了圆城寺次郎的一篇长序，翻译一下。近万字的大序，我不是敦煌专家，亦不是翻译专家，翻译此文，完全是玩票开心，处处不求甚解，个别字句囫囵吞枣一跳而过，只能看个大概。即便如此，干完这一档，仍觉十分辛劳，对身边从事翻译工作的友人们，肃然起敬。翻译比写字实在辛苦太多了。而且，此书重达四公斤，日日小心翼翼捧进捧出，真真盛况。敦煌之美，此书之精，让我快乐了小半个春天。

事隔不久，与滔滔午饭。非常奇异，跟滔滔吃过的很多饭饭，早已不记得了，偏偏这一餐，至今记得清清楚楚，多年之前的那餐午饭，是于浦东香格里拉的桂花楼，滔滔龙卷风一样卷进来，一面孔抱歉地反复讲，浦江两岸所有好馆子都没订到，今朝只好随便吃吃了。饭桌子上，我们彼此互问，最近有啥好白相的。当时滔滔于事业上闲得发慌，精力过剩，无事可干，成天挖空心思寻乐子。我心潮澎湃地把敦煌写真集，隆重拎上桌子，声情并茂叙述了5分钟，滔滔听了一歇，放下筷子，跟我讲："好了，这桩事情，跟我搭界的，侬听我讲好不好？"我朝滔滔乱翻白眼："上海滩件件生意跟侬搭界，敦煌不会跟侬也搭界吧？"以为他信口开河乱摆噱头，完全没有想到，这件事情，是真的跟滔滔有关，从头到脚地有关。

多么意外，竟然从滔滔这里，知道了一段幽谧深邃的敦煌往事，知道了圆城寺次郎这个奇人，多年之后的今天，我亦终于有心思将这段往事记录在此，当年涉事的人们，喜的喜，老的老，除了滔滔和樊锦诗，几乎都不存人世了。

敦煌，敦煌。

以下是往事。

1984 年，滔滔从北京国际关系学院毕业，被国家千挑万选地选中，送到西安法门寺发掘现场，一年里头，反反复复，去了 22 次西安。发掘法门寺，据说是我国的一项夙愿。当时法门寺所有挖掘的机械，全部用的日本无偿援助的机械，但是国家又规定，日本人不许靠近挖掘现场，要离开五公里以上，现场是军管的。那个时候又没有手机没有微信的，就想出来一个办法，让滔滔和另外一个社科院的年轻人，当"人肉手机"，在挖掘现场和日本专家的帐篷之间来回奔跑，递送消息。一开始，坐的是当地老乡的侉子，一个车斗，牛拉着，人坐在车斗里，结果侉子翻了，人掉进沟里了。这个事情，被沈从文知道了，那时候沈从文在文学所，他是副部级，有辆车，他把他的车给了这两个"人肉手机"用，是上海牌轿车。也是那一年，滔滔第一次看见日本人的帐篷，是带空调带抽水马桶的。结棍结棍。

一年之后，发掘工作结束，回到北京，人晒得跟黑炭一样，算是对党的工作作出了重大贡献，然后被党派去日本留学，留学结束，再回社科院外事局继续工作。

1986 年，圆城寺次郎来社科院。圆城寺次郎是《日本经济新闻》的老板，《日本经济新闻》相当于美国的《华尔街日报》，日本全国各地，几乎所有的公司职员，人手一份这个报纸，每天上班之前的半个小时里，全日本的公司职员，规定动作，就是把这份报纸从头到脚仔仔细细通读一遍，《日本经济新闻》在日本的声誉和业界地位极高，我们中国，好像至今从来没有出现过这样一份地位神圣牢不可破的经济类的专业报纸。当年亦正是日本泡沫经济的巅峰时期，圆城寺次郎这个人，很多年里，一直带领着日本的一大批财界、商界的顶级人士，辗转于欧美和阿拉伯地区，浏览古美术，并做一大堆公益。1986 年，圆城寺次郎第一次将目光投注在敦煌，在此之前，关注敦煌的日本人，都是一些艺术家，平山郁夫、井上靖之流，没有财界商界人士的。圆城寺次郎跑来社科院，讲："我想带一批日本顶级人士，去敦煌参观学习。"社科院当然表示欢迎。然后圆城寺次郎提了一个要求，要当日来回北京与敦煌之间。

　　滔滔讲："这种要求，放在今天，都鲜有所闻，1986 年的当年，完全是闻所未闻。社科院外事局的领导，就把这个事情交给我去办了。社科院里，不是老人家就是读书人，这种跑腿的事情，自然是我这种小年轻出来贴地奔走。

　　"然而，这是一件不可能完成的任务。天天开动脑筋，想破头也没有办法，日本人搞什么搞，弄这种天方夜谭。当时的北京，没有什么旅行社的，只有一个国旅总社，是管外国人的；中旅总社，是管华侨的。除此之外，就没有其他旅行社了。我跑去问，人家根本不管敦煌当日来回的。东四西大街的中国民航总局，我也去跑了，人家一口就爽脆回绝了我。

"某日黄昏，下班骑车路过长安街，王府井口上，后来开肯德基的那个地方，看见挂出来一个牌子，中国联合航空公司，墨迹未干的样子，刚刚挂出来三个钟头最多了，我想，进去问问看也好，就进去了，里面坐了两个年轻人，在面对面下棋，问他们，北京到敦煌，当天来回，行不行？这两个人没有回答我行还是不行，反问我，什么单位的？我说社科院外事局的。人家立刻答，行啊，包个机，当日来回啊。

"后来我才知道，我这个是他们公司开张以来的第一单生意，这个中国联合航空公司，当年是空军的第三产业，现在已经归了东航了。然后我就问价钱了，多少钱包个飞机，当日来回北京—敦煌。

"这两个人面面相觑，说，'我们想想'。想了半天，算了半天，抖抖索索报了个价钱给我，10万人民币吧。我牙一咬，跑去跟圆城寺次郎讲，10万人民币，圆城寺次郎以为我少说了一个零。

"然后我再跟联合航空公司的人商量细节，飞机是极好的机型，BA146，跟英国女王的飞机同机型，四个引擎的，厉害吧，除了波音747那种大型飞机，很少有四个引擎的。机场是南苑机场，军用机场，老百姓从来没去过，破是破得来，你无法想象的。这个是军用飞机，那我们包机，运日本人，航空公司的人是不是不要穿空军军装？这个也谈妥了，他们穿白衬衫蓝裤子、白衬衫蓝裙子，空军本来就是蓝色制服的。再来，人家坐飞机，一路总要发点吃的喝的给人家。我跑去新桥饭店里的三宝乐，是那个时代北京唯一一家能买到外国食品的超市，用外汇券的，买巧克力、小面包、可口可乐，准备得很充足。到飞机起飞之后，我们机上的空姐，就是脱掉军装的空军女兵们，每隔20分钟，给日本乘客发一圈巧克力，这群大老板，都是一把年纪的后中年，大多不吃巧克力，抵达敦煌机场，下飞机的时候，每个日本人手里，都拎着满满一袋子巧克力。侬想想，我们当年多么朴实，表达感情，就是每20分钟发一圈巧克力。

"圆城寺次郎带队，一个团，十位日本人，通通是日本财界商界的头面人物，三菱，松下，索尼，NEC，日立，东京海上，三井银行，第一生命，安田火灾，长谷川工务店，全日空，日本烟草，阿拉伯石油，这个阿拉伯石油的总裁，曾经是田中角荣的秘书。我陪圆城寺次郎的团队，在1986年至1989年，三年里，去过三次敦煌，每次三天，成员几乎囊括了当年日本各行各业所有的头面人物，圆城寺次郎的个人力量可见一斑，日本各界精英，对敦煌的景仰可见一斑。对我个人来讲，确实是大开了眼界，当年刚刚26岁的我，跟这帮正处于人生顶峰的精英们贴身相处、朝夕与共，很多日后都成了挚友，实在是难能可贵的进步机会。

　　"这帮日本人，来北京，一律是住在长城饭店的，当时涉外的饭店十分有限。他们每个人都随身带着一个秘书班子，有五六个人之多，来十个人，其实随行人员加在一起有六十多人。这些大佬，每天从敦煌返回北京，还要处理公司业务，与秘书班子工作。这个也是他们要求当日往返北京的主要原因。当年，只有北京上海这样的大城市里，非常有限的渠道，才能打通国际长途。在那个连传真都没有的年代，业务往还都是靠的电报联络。但是这帮显赫的日本人，到了敦煌，完全是小学生态度，极其虔诚，高度认真，标配是每人头上一盏矿灯，穿运动装，外面套一件口袋很多的那种猎人背心，人手一本笔记簿，狂记笔记。常书鸿亲自讲解，我随便翻译翻译，还要上上下下扶圆城寺次郎一把。讲个细节给你听。圆城寺次郎那个人，去敦煌那种地方，大漠孤烟的荒原，依然西装笔挺，而且从里到外，每一层每一件，统统是羊绒的，触手之间，软腻不可挡。我当年穿的也是西装，的确良级别的乡土西装，根本没见过羊绒，有时候照顾圆城寺次郎，帮他扣衣衫纽扣，触及他一身滴滴软的羊绒，实在是感慨万千。"滔滔讲到此处，啧啧半日，渐渐词不达意，不胜唏嘘。我听得，七分感慨不已，三分性感嘻嘻，啊啊啊，两个异国男人之间，关于触手软腻的灵魂飘举，三岛由纪夫在世的话，会怎么想呢？

　　"樊锦诗那个时候48岁，她是上海人，这个事情里，她的工作相当于办公室主任，接待这帮日本人，我和樊锦诗每天会在一起谈谈具体工作。我印象深刻的一件事情，樊锦诗跟我讲："侬注意注意，日本人大便通不通？有没有便秘？敦煌这里干燥不过。"然后她还趁午休的间隙，跑出去买梨，给日本人吃梨。我跟伊讲，不要辛苦去买了，他们又不住在这里。这个细节，这么多年了，我还是记得煞清。樊锦诗看到我这个上海人到敦煌，激动得不得了，疯狂跟我讲上海话。有一日，樊锦诗一早从家里来，带了一饭盒子的馄饨给我吃，那种铝的饭盒子，她骑车带给我的。这种馄饨哦，终生难忘的，热泪盈眶的。一直到现在，樊锦诗只要到上海，我总归要去看看老太太陪伊一歇的。

"1986 年到 1989 年，我陪圆城寺次郎做这个事情，做了三年，有一次，天气原因，迫降在兰州另一个机场，也是军用机场，是保密的。关照日本人，要把眼睛蒙起来，不可以看国家机密。日本人听话得不得了，规规矩矩蒙上眼睛。我是中国人，可以不蒙眼睛的，看看机场里面，停满米格飞机。还有一次，飞机返回北京途中，于嘉峪关停了一下，上来一帮人，要搭我们的飞机一起回北京。腰细了，日本人想不通了，我们不是包机吗？怎么还有人要登机一起飞？我也想不通，冲出去交涉。一谈，才明白。在中国，包机不是专机，专机是不搭载其他客人的，包机就不是了，包机上面如果有空位，其他人是可以搭乘的。原则是搞明白了，但是我们的飞机上，装一帮别人一起飞，终究不合适。我们那位机长超厉害的，女机长，三句两句，把那帮搭便机的干部，通通轰下去了。也是一场虚惊。还有一次，离谱得结棍了。那天飞机从北京起飞，飞到敦煌，然后飞机就回北京了，下午再来敦煌接我们回去。结果，那天的机长昏了头，回北京睡觉了，完全忘记了下午要到敦煌接我们回去。日本人在敦煌左等右等望眼欲穿，弄到最后，那天就没有办法回北京了。全体日本人，在当地找了个招待所，孵了一夜，所有人，没有一件漱洗用具，囫囵混了一个晚上。这一次再回到北京，圆城寺次郎受寒受惊病了一场，伤了不小的元气，敦煌之事，后来难以为继，这件事情，是个诱因。历史轨迹，常常是在一个小螺丝钉上发生改变的，不得不感叹。

"圆城寺次郎和这些日本人，千山万水跑去敦煌，除了接受艺术教育、赞叹古美术之外，很重要的一个目的，是给敦煌捐款，保护敦煌。当时的目标，是把敦煌重要的一些窟原样复制出来，然后把原窟封闭起来，只开放复制的窟，给大家参观。封闭原窟，可以防止敦煌壁画的继续风化和毁坏。这个也是国际共识，保护石窟古迹都是这个思路和手法。日本人为这个目标捐钱给敦煌，可惜，日本人捐的钱，到了常书鸿手里，所剩无几，具体用到敦煌保护上的资金，少得急煞人。然后日本人就改变了一下，后来去敦煌，都是捧着现金，当面亲手交给常书鸿。每个日本人捧一千万日元，换成外汇券，大约是二十万元至三十万元的样子，拿个日本人的那种包袱皮裹好，捧在手里，方方正正，外面看起来像一个大盒子。

"其实我们当时接待这帮日本人，中国方面也不是我一个人，还有其他几位同事的，但是日本人独独比较信任我，喜欢我。当时我们这些人，都没有受过什么商业训练，没有什么国际化眼光，讲话做事都是很中国流的。举个例子，这帮大佬，在日本都是大惯了的，到了中国也是这样，随时随地想起来，就跟你讲，给我拨个东京长途，我要跟某某讲两句。其他中国同事呢，一听，立刻板着面孔义正词严地跟日本人讲，国际长途打不通的，日本人大佬多少胸闷不适啊。我呢，一听，马上拿本簿子，认认真真把东京长途电话的号码记下来。然后就转身回去睡觉了。三个小时之后，跑去跟日本人讲，侬看侬看，我断断续续，打了三个钟头，实在是打不通啊，没办法。日本人就舒服多了。"我听了笑软："呵呵，滔滔侬这个，是侬爷爷的基因。"滔滔的爷爷是英美烟草公司于上海的买办，洋场上打滚的一代人。滔滔得天独厚，小小年纪已经淋漓尽致，深谙国际游戏规则。

"格么，圆城寺次郎，是什么人？"

这是在浦东香格里拉的桂花楼，那顿午饭，我问滔滔的最后一个问题。

滔滔答我："圆城寺次郎的父亲，是一个庄园主，日本最大的橘农，他是橘农的儿子。"

圆城寺次郎 1907 年出生于千叶的橘农家庭，是家里的次子。高中时候生病，延宕了三年，才去东京进入早稻田大学学习，读书期间，仍是因为健康原因，免于军事训练，大量时间精力，投掷于麻将、演剧、撞球、电影。1933 年毕业，进入《日本经济新闻》的前身《中外商业新报社》，当时这份报纸，只是一份微不足道的小报。做了七年记者之后，报社主编跟他讲，'你不要写报道了，报社出钱，送你去欧洲和美国游学一年'。这一年里，圆城寺次郎从井里跳了出来，做了一只大开眼界的青蛙。战后，圆城寺次郎成为《日本经济新闻》的主编，1945 年至 1956 年的十年里，大刀阔斧改革报纸，一举将一份小报，送至一流大报的境界，与《朝日新闻》《读卖新闻》分庭抗礼，此人亦因此有辣腕之称。报业之外，圆城寺次郎于美术上的造诣之深沉，亦十分著名。他以《日本经济新闻》的名义，长期赞助的安宅英一，是东洋陶瓷收藏大家，后来将全部收藏捐给大阪，建立了大阪市立东洋陶瓷美术馆。圆城寺次郎一生中，主编出版了一系列美术百选，我于 2013 年春天看到的《敦煌之美百选》，是其中之一。

年轻时候的流浪，是一生的营养。真理。

圆城寺次郎 1994 年病逝，滔滔赴日本，出席了圆城寺次郎的葬礼。

　　前几年，滔滔于台湾商务旅行中，巧遇一群日本已经年老退休的艺伎，滔滔与她们欢谈之后合影留念。其中一位老妇人，回日本后，无意中将合影给了从前的老客人看，老客人里还有认出滔滔君的，说，"这个人，我们很多年以前，一起去的敦煌啊"，等等。如今，亲历敦煌此事的，似乎只剩下樊锦诗和滔滔了。

　　也是最近这几年，我们开始在一些大城市，包括上海，看到敦煌的展览，将敦煌的一些复制的名窟，搬到大城市的展厅里来，展给大家看。这些复制窟，就是当年圆城寺次郎们捐助的项目。

·乔老爷，乔奶奶·

之一

上海的暮冬，独具一格的冻雨缠绵。礼拜五清晨，灰云流软，满城泪痕。恰是这一日，有个甜翠婉转的蜜约，海上花鸟画大家乔木先生的两位女公子，乔苏苏与乔筠，两位姐姐摆个玲珑家宴，煮乔家的传家饭菜，邀我餐叙。前一日的黄昏，清坐于澄澄灯火下，抱着乔木先生的画册《百年乔木》，密密切切，翻了久久。那些花边竹底，沧浪空翠，清妍不腻的富丽牡丹，中国人几千年的虚怀若谷，一页一页，翻得我，于薄寒天气里，一片心软如麻。次日清早，坐在车里，犹在心头再四回味乔木先生那些笔致，漫想着乔家两位姐姐，从小到大，是不是穿一身鸭蛋青的玻璃衫褂、鲑鱼红的绉纱灯笼裤，如珠如玉，于父母膝下缠绕成长。如此乱想着心事，冬雨里，一步跨下车子，望见苏苏姐姐，打着伞，立在雨里，默默等我。68岁的苏苏姐姐，一头胜雪白发，双目清亮，兀立于雨中，真真衫亦翩翩，发亦翩翩，有一种高挑于江南温软之上的、飒然的美。乔家是河北人，容颜从来不会说谎，一定将骨子里的秘密，一字一句，讲得明明白白。

两位姐姐备了几碟子明前的滴绿时鲜，然后精精致致包饺子给我吃，春韭做馅，真是一流美物。这手饺子功夫，是乔木夫人乔奶奶传家的，乔家小女儿乔筠最得母亲真传。两位姐姐一边与我谈天，一边一搭一档在桌上包饺子，方寸之间，手脚干干净净，生活漂亮。这个亦是乔奶奶的真传，包顿饺子，绝对不会狼藉一片。而我这个袖着手吃饺子的闲人，对桌上的两件物事，生了兴致。一件是给饺子们排队稍息用的盖帘板，高粱秆做的，废物利用，编功细致紧密，不粘面皮，环保而轻巧，是河北的家常东西，亦是乔家不离须臾的厨下用具。另一件是一枚碟子，密胺质地的，画着满地的西洋花卉，画得一点点浑，别有趣致。这枚碟子，起码应该有二三十年的岁数了。捧在手里翻来覆去地端详，姐姐们跟我讲："是啊，80年代初的东西吧。爸爸应邀画了一套密胺的碟子，画的中国传统花卉，梅兰竹菊，还有别的画家，画的一套西洋花卉的，家里至今在用。"乔家的惜物，雍容悠扬，让人看到其中动人肺腑的教养。乔木先生15岁，只身背一个包袱皮，从河北农村来到上海，以一名布店学徒工，得入江寒汀先生门庭，是公认的江寒汀先生的大弟子，海上花鸟画大家。多年来，乔木先生的画，除了在宣纸、扇面上腾挪闪烁，亦遍及食器碟子、火柴盒子、保温杯、搪瓷面盆、贺年卡等，尤以一套为中国邮政绘画的百鸟信封为美物，至今仍为很多藏家所喜。一只信封一种鸟，百只信封百种鸟，乔百鸟的美誉，一点不是夸张。

乔家曾经于武胜路长居三十年之久，与当年的 46 路公共汽车终点站紧邻。那一带，靠近跑马场，是非凡热闹的市面，沿街一排，皆是此起彼落的店铺。红尘万丈里，独独开出乔家一枝别艳来。乔木先生府上终年熙攘，往来之间，有画坛前辈老法师们，亦有各色门徒学生子们。年轻学生们，走过路过武胜路，踮起脚来跳一跳，从窗口张张，乔木先生在不在家，若是先生在家，便敲门进去看看先生。乔木先生的画室，如一间流水不腐的大客厅，喝口水的，抽袋烟的，歇个腿的，聊个天的，真真鸿儒们谈笑不绝。乔家后门就是上海音乐厅，朋友们于音乐会之前，来乔家喝杯茶的也有，于音乐会散场，来乔家借把伞的也有。乔先生是海上花鸟画数一数二的大家，而乔家能温煦如春至此，于今真是难以想象的奇景。前辈温存，春风化雨。

乔木夫人刘金胜，大家的乔奶奶，晚年的照片上，粉团团，满面都是岁月如歌的慈爱。乔家两姊妹，说起母亲的好，真是婉媚，像透舒曼那套揉人心肠千回百转的《童年即景》。

乔筠姐姐讲："阿拉姆妈做的面食，远近闻名的，从前也没

◆ 乔老爷，乔奶奶

有煤气，姆妈有本事在煤炉子上蒸馒头、蒸包子，一笼14只小包子，漂亮得不得了。高庄馒头一层一层面粉手工揉上去的，层层分明，左邻右舍人人都吃过。我幼年的同学，至今记得，小时候来我们家里玩，阿拉姆妈刚刚蒸好的高庄馒头，一递一大个给孩子。同学讲：'现在想想，那么一只大馒头啊，至少要二两粮票的，侬妈妈笑容霭霭，一声不响就拿给孩子了。'乔家姊妹小时候遇着姆妈做面食的日子，捧个搪瓷的兰花面盆，出武胜路27弄的弄堂，穿出去是龙门路，拐弯是老虎灶，隔壁就是粮食店，面粉1角7分一斤，买五斤面粉，8角5分，姊妹两人还年幼，店员称好了面粉，帮小姊妹盖盖好，怕回家路上，被风吹散了面粉。乔奶奶包的素饺子，韭菜、鸡蛋、粉丝、虾皮、油条，切碎拌匀，点一点麻油，裹在馅子里，都是家常东西，但是一家人吃起来，满足畅意。连爸爸都包得一手好看饺子，下放劳动，到食堂里帮工，爸爸包的饺子像元宝，资深食堂阿姨都赞叹。

"阿拉姆妈一台缝纫机，当年不知解决了多少亲眷朋友的困难。爸爸的画家朋友，家里生孩子，姆妈缝纫机上替人家做小囝衣衫、婴儿的连裤衫，里里外外，舒舒齐齐。我哥哥插队落户到东北黑龙江军垦农场，姆妈整整一个礼拜，扑在缝纫机上，给哥哥赶制寒衣，等哥哥启程，姆妈累倒，大病一场。"

苏苏姐姐讲："从前的人，会过日子，悠长，从容，像从前的画，耐看，江寒汀先生的花鸟，一张册页，慢慢、慢慢，可以看半天，不像现在的画，太急了，薄不过，一眼就看完了。"

两位姐姐一递一声地叹，爸爸姆妈聪明人，养了我们四个戆大小囡，远远不及父母。

之二

乔木先生的恩师，江寒汀先生，海上一代花鸟画大家，于双钩填彩，没骨写生，无不精致，尤其绘得一手出神入化的各色禽鸟。江先生精研虚谷、任伯年，偶一仿制，惟妙惟肖，几可乱真，连经验丰厚的鉴赏大家都骗得过，人称比虚谷还虚谷。唐云先生回忆，20 世纪 50 年代后期，上海中国画院筹备期间，江先生几乎日日到画院来，为了能让画师们看到禽鸟的形姿，江先生于庭院内专辟一角，布以铁丝网笼，内置水池、树木，养了八哥、寒雀、鸳鸯、花脸鸭。当时画院组织画师深入生活，江寒汀先生是到农村去的次数最多的一位，与种田的、养鸭的、撑船的广交朋友，一点点隔阂都没有。江寒汀先生的花鸟，师古人、更师造化，笔下鸟雀，无不玲珑有致栩栩如生。张大壮先生曾经赞叹，寒汀笔下鸟，天下到处飞。乔木先生入师门后，勤学不倦，得恩师教导，画鸟想要画得精彩，必须通晓鸟性。画鸟之难，难在鸟雀一闪即逝，形与神皆难捕捉，要画活画好鸟，平日的观察和勤笔，就很重要。乔木先生经常泡在五马路广东路的花鸟市场里，把各种鸟雀看饱看熟看进肚子里。乔筠姐姐讲："爸爸后来在美术学校教学生，一个班级五个学生，每年暑假，爸爸都带着学生们住在西郊公园附近的一所小学校内，天天带学生在西郊公园里画鸟雀写生，一个暑假下来，人晒得墨黑不算，回家来的时候，总是两腿密密麻麻的蚊子块，年年如此。爸爸中年以后胖胖的，我们都笑爸爸，胖大肚子里，装了两百只鸟。"胸中有了丘壑，下笔自然得心应手，神俊非常。

画花，亦是一样，乔木先生对花事，潜心钻研得剔透。据朱金晨先生回忆，乔木先生曾经跟他谈起过紫藤，上海闻名的紫藤，仅有三株，一株在金山的金张公路上，毗邻五龙桥站头，这株紫藤树干粗壮，四周围着铁架子，满开季节，青紫色的花朵，垂垂累累，霞光满铺。另一株在马桥镇，街上以紫藤为中心，临空建架，紫藤枝干向东西两边延伸，满街春情盎然，美不可言。还有一株在朱行镇，亦是在镇子中心，苍古粗壮，不一而足。乔木先生的这种了如指掌背后，是专注了多少心思和精力，可想而知。

于江寒汀先生门下学画时，乔木先生还常常去山西路上的寿春堂裱画铺，仔细观看古人前人的作品，师门的这些训练，令成长后的乔木先生，以基本功深厚、笔路谨严立足画坛，即便是繁重复杂的大制作，亦能驾轻就熟。邵洛羊先生讲，上海中国画院于四大花旦江寒汀、张大壮、唐云、陆抑非相继去世后，乔木先生在这一路上单枪匹马，可称独步。

　　苏苏姐姐回忆："爸爸姆妈对待江寒汀先生，是极为恭敬的。江先生故世之后，我爸爸作为江门大弟子，人家都以为我们家里有很多江先生的笔墨，其实我们家里江先生的墨宝，是一张都没有的。爸爸一直讲，老师那么辛苦，做学生的，怎么可以去麻烦老师？师辈是不能开口的。爸爸对来讨画的朋友们讲，'侬要我画，侬家里有需要，看病送医生、子女插队要调回上海，随便几张，侬讲，我一定尽心尽力画给侬。但是江先生的画，我是不能开口的'。现在听起来好像难以置信，而我们家我爸爸，真的是这样的。反过来，爸爸对学生是非常爱惜的，每个学生结婚，爸爸都有画送。爸爸在学校教书，学生毕业时候，爸爸也是人人有画送。

　　"姆妈是不问外事、专心守家的贤妻良母，每次江寒汀先生来家里，姆妈待老师的恭敬，至今如在眼前。家里再没有吃的，五分钱置一碟兰花豆，也要服侍老师饮个小酒，姆妈亲手做一碗手擀面，让老师吃好、吃舒服。"

　　记得春彦跟我多次讲过乔木先生一件往事。某年，乔木先生与贺友直、春彦，三人同赴某地出差，夜里无事，关起门来吃酒聊天，三位都是画坛好手，闭门无非谈画。乔木先生以一口河北上海话，讲"鬼是鬼来，巨是巨"。贺友直与春彦，听来听去听不明白，上海话里，鬼就是巨，巨就是鬼，什么叫"鬼是鬼来，巨是巨"？乔先生侬阿是酒吃多了？问了几个来回，才搞明白，乔先生是讲，规是规来，矩是矩。意思作画务必严守笔法章法，不容乱来。"规是规来，矩是矩"，是乔先生挂在嘴边经常讲的一句经典。1961年，上海美术专科学校请江寒汀先生推荐一位老师，到学校教画。江先生向学校推荐了得意门生乔木。江先生讲，乔木基本功扎实，规矩好，适合教学生。

苏苏姐姐讲："爸爸那年进学校，全家都非常高兴。爸爸特地带全家去西藏路大陆照相馆，拍了一幅全家福。"照片上，乔木先生穿得整整齐齐，胸口别着崭新的校徽。乔木先生幼年只读过几年私塾，中年时候，能凭一身好本事，到大学任教，那种沉甸甸的幸福，今天我在乔家捧着老照片，依然清晰地感受得到。苏苏姐姐讲："可惜，爸爸1961年进学校，江先生1963年故世。江先生走得早，苦头是没有吃到，只是老师如果长寿，爸爸还可以跟着老师多学一点东西。爸爸姆妈在江先生故世之后，每个月都寄钱给江师母，一直到师母故世。"

乔筠姐姐讲了件旧事给我听。

"有一年，我们家已经搬到田林住了，家里来了一位年轻客人，拜访我爸爸。姆妈迎进来，让客人坐在爸爸的画室里，那天，我爸爸画好两幅画，墨迹未干，挂在画室里，爸爸人么跑出去了，不在家里。姆妈跟客人讲，'侬请坐一歇'，转身去隔壁房间拿茶叶给客人泡茶，等姆妈泡了茶端过来，咦咦咦，客人已经走掉了。妈妈看看房间里，心里多少觉得有点奇怪，也没有多想什么。过了一歇，那个客人又转了回来，跟我姆妈讲：'对不起，我刚刚趁您不在屋里，把乔先生刚刚画好晾在画室里的两幅画，折一折，偷走了。走出去几步，心中有愧，想想还是回来还给您。'爸爸回家后知道这个事情，把那个年轻人找来，跟他讲：'侬要画，侬可以跟我讲的，为什么不跟我讲？这样子的事情，发生在我们家里，不要紧，侬到别的人家，千万千万不可以再做，要出事情的。下趟记牢，要画，好好跟我讲。'"

乔家这段旧事，在我心里盘桓久久，那个时候，有这样温煦厚道的长者，也有知道良心发现的年轻人，那个时代距今不过三十年，而已。

之三

　　儿时盼春节，有得吃，有得玩。

　　学生时代期盼春节的到来，可以有新衣穿，可以放假轻松几天。

　　再年长一些，盼望春节是为了可以与爸爸一起调换镜框中的新年画作。

　　每一年从小年夜起，就不再有敲门声，只有不断的拜年电话铃声。次日清晨，爸爸端坐在画桌前，抽着烟，研着墨，让我铺好宣纸。每到这一刻，我就异常地开心。每年春节等待的就是这一天。爸爸把早已打好的腹稿信手挥洒，一气呵成。不一会儿，鲜活的画意跃然纸上。我在旁边拉纸，调色，同爸爸一起天南海北地聊天。此时，我的脑海中情不自禁地呈现出另外一幅画面。小时候，看着爸爸画好了梅花枝干，要添花时，我就对爸爸说："画上一朵这样的梅花吧。"随即将自己的五根手指头捏在一起。爸爸就说："噢，知道了。"接着一朵花骨朵出现在梅枝上。当要添鸟时，我又央求爸爸画一只正在飞的鸟，爸爸又应允了。于是一只飞翔的小鸟扑棱着翅膀来到了画中。小孩子的愿望达到了，总会开心不已，这使我记忆犹新，永难忘怀。我一边看着爸爸画新年新作，一边同他说起我孩童时的乐趣，说着、聊着、画着、开心着。大的章法定好以后，爸爸告诉我，接下来要慢慢地"修理"了，最后落款、盖章。遇到天气阴湿，还要用电吹风去吹才作好的画。年三十的下午，我把墙上的镜框取下来，掸去浮尘，将新画放进去，替换掉去年的旧画，再把镜框挂回墙上。然后爸爸和我都站到远一点的地方，细细品味。他会告诉我新画的意境，笔墨的处理，以及心中对新画的些许遗憾，等等。这时，妈妈总是微笑着说："挂上就好看了，挂上就喜庆了，真的是'素壁生辉'啊！"爸爸此时会点上烟，呷一口茶水，与妈妈打趣。

这段文字，是苏苏姐姐2012年写的，父女深情，令人动容。苏苏姐姐得父亲真传，自己亦画得一笔好花鸟，跟苏苏姐姐一起阅读江寒汀先生的画册，听姐姐讲几句，真是精到，一条贯穿画面、举重若轻的悠扬柳丝，姐姐淡淡讲，起码十年功夫。

乔木先生教过的学生之多，于上海画坛，也是一宗奇迹般的美谈。爸爸最早是在上海美术专科学校教学生，后来在上海大学美术学院做教授，爸爸教过少年宫的学生，教过纺织学校的学校，教过日本学生，寻到家里来学画的年轻人，也是常年络绎不绝。2020年，乔木先生诞辰百年，上海中国画院以"百年乔木"画展，纪念老画家，这个画展，观展人数创了画院的多年纪录。乔木先生生前教过的学生、处过的老邻居纷至沓来，让乔家两位姐姐，于展堂内忙得脚不点地。开幕式后，王造云先生于画院附近的点石斋宴请乔家手足，允我忝陪末座。造云先生亦是乔木先生学生，当年十几二十岁，一枚钢铁厂的年轻工人，入乔家，追随老师学画。造云先生讲给我听："乔先生经验丰富，教导有方，不久就看出，我不是画家的料作，老师给我指了一条路，叫我多去裱画店看画。那个时候的裱画铺子里，很有东西看，多少抄家物资，统统在这种铺子里裱，裱好了，挂起来。好的，进了博物馆，差一点的，进了文物商店。我听老师话，动脑筋进这种铺子去看画，暗暗给裱画师傅塞烟，求他们放我进去，在这种铺子里，我看过一房间十八张、挂得扑扑满的任伯年，也看过一房间十八张、扑扑满的吴昌硕。我一个青工，就是在这种地方，把眼睛看出来的，日后能够做一点书画生意，都是乔木先生教我的。"造云先生自己，如今亦是七旬之人了，画展前后，陪同乔家姐妹奔进奔出，周到备至，让我深为感慨，从前的师徒情义，是山岳般厚朴的一生一世，岂是今天的零落薄情可比拟？

苏苏姐姐亦讲给我听："画展筹备期间，我们想展出爸爸一幅长卷，家里没有爸爸的长卷，泉州的华侨张美寅先生手里有一幅，造云先生就陪我们姐妹一起去泉州，跟张美寅先生商借。张先生是泉州人，后来去新加坡发展，1992 年，爸爸和上海几位画家，到新加坡开画展，蒙张先生许多关照，那趟画展结束，爸爸把展出的一幅长卷送给张先生酬谢。张先生晚年，又回到故乡泉州生活。我们从上海去泉州，跟张先生讲了借画做展，张先生一口应允。我要写借条给张先生，张先生坚辞不受，说，乔木先生的子女，怎么可以写借条？说起来，是我们子女给爸爸办纪念画展，其实，前前后后的过程中，是我们子女，再一次感受爸爸姆妈的了不起，艺术好，为人好，我们后辈，至今受用不尽。"

回过来再讲几句乔木先生于教授花鸟画上的功德。乔木先生编写的《花鸟画基础技法》一书，1982 年人民美术出版社出版，因笔法谨严、解说细致、可亲可学，至今口碑卓著，广受学画者推崇。当年王星记的画师们，一边画扇面，一边人人手边一册，传为美谈。乔先生留下这样一本薄薄的秘籍，于花鸟画传播，于中国人的审美指南，真真功莫大焉。

与两位姐姐屡次长谈，每次深夜回家，我都细细反刍良久，其中令我颠来倒去反复咀嚼的，总是乔家客厅里的那些老客人们。名医裘沛然先生，与乔木先生亲近，两人是同一天一起入文史馆的老友。裘沛然先生来乔家坐，请乔木先生画画，苏苏姐姐笑："裘先生的香烟啊，是不用火柴打火机的，一根接一根点着抽，停都不停的。我小时候看得目瞪口呆，裘先生跟我讲：'妹妹，侬不要怕，能吃香烟，是身体好。'我家老邻居，蔡晓生先生，祖上也是北方的名中医，精妇科，蔡先生来我们家，椅子从来不坐满的，坐一只角，大人家出来的好教养，我至今不会忘记，在东北插队落户整整十年，我也不会忘记这样的细节。"

◆ 乔老爷，乔奶奶

　　乔家还有一位常客，艾世菊先生，京剧名丑。"我家住武胜路，艾先生住大沽路，走走 10 分钟就走到了。艾先生跟爸爸一样都是北方人，他们两人，经常交换一点北方家乡带来的食物，从前物流艰难，这种乡土食物，来之不易，爸爸有一点好吃的，总想着分一点给艾先生，艾先生也一样。有时候艾先生揣着几棵茴香来，'尝尝吧'。爸爸一见，问：'北京来人了？哦唷哦唷，这好东西啊。'爸爸有一点地瓜篓子，也像得了宝贝一样，捡一点给艾先生，地瓜篓子，一点点大，像高级版的八宝什锦菜，腌着花生、核桃、杏仁、萝卜，多么不多，就那么一口，解解乡愁的馋。有时候艾先生手里托着张纸就来了，纸上是百果元宵、茯苓饼们。艾先生很有意思，还在自己家的小院子里，起了一个永定门。"

　　人间的薪火，就是于这一针一线一茶一饭里，代代传承下来的，乔老爷乔奶奶的温煦厚朴，传家之余，亦让我这个写字的后辈旁人，得益无穷，如坐春风。

　　借用春彦的句子，结束长文。煌煌海派，巍巍乔木。逝者不灭，永存人心。纪念乔木先生百年诞辰。

看病记

· 从装心脏支架开始的一次长征 ·

　　2017 年的春节是在 1 月底，当时 57 岁的壮龄青年沈颂颂先生，突感心脏不舒服。颂颂平日里除了血压略高以外，一无疾病，心态优良，精力充沛，天天忙进忙出，不遗余力。突然冒出来的心脏不舒服，颂颂还是认真对待的，跑去上海著名医院检查了一下。查完，颂颂去找了老同学，托老同学找个专家给看看，判断一下到底是什么事情。老同学依言，给颂颂找了个顶尖专家。专家传话来说，住院进来彻底查一下，如果有需要装支架，就顺手装掉。颂颂听了，心里打了只格楞，入院、顺手装支架，听起来有点那个。就跟老同学讲，"格么，还是让我再考虑考虑，谢谢侬帮忙，能不能把我的检查报告，替我从医院里拿出来"。

　　过完春节，颂颂带了上海医院的心脏检查报告，去东京出差。颂颂每个月有一个礼拜的时间，在东京工作。到了东京公司里，跟秘书讲，"找间医院，我要去看病"。秘书查了查，就在公司附近的白金台，找了间医院，某某研究院医院。颂颂讲，"就是随便找的，我也从来没有在日本看过病"。

隔日，颂颂拎着上海医院的检查报告，查好字典，心脏支架日语怎么讲，跑去医院挂号看病。见了医生，一厚叠检查报告呈给医生，问医生："医生，请侬看看，我是不是需要装心脏支架？"日本医生把报告推回来，严肃地讲："这个我们不看的，如果要我做判断，请你在我们医院做检查。"颂颂听听也对，然后拿出独门绝技跟医生聊天，颂颂的独门绝技是跟任何人自来熟，在与严肃认真的日本医生周旋了三五分钟之后，彼此就熟络得无话不讲的样子。日本医生跟颂颂讲："你啊，我目测，你是不需要装支架的。"颂颂大为惊奇，日本医生什么本事，凭目测就知道了？比核磁共振还厉害吗？当然，目测归目测，颂颂还是依照医生要求，做了全面检查。日本的检查跟中国不一样，不是一天里给你从头到脚查完的，是一点一点查的，为了做这个检查，颂颂前前后后花了三个礼拜，跑了三次医院。

第四个礼拜，颂颂去医院听报告。一坐下，医生跟颂颂讲："根据检查结果，你确实不需要装心脏支架，你心脏的状况相当好，好到什么程度？好到跑半个马拉松，是没有问题的。"颂颂听完大喜，站起来谢过医生就准备走人。

医生叫颂颂坐下："我话还没有讲完。你是因为心脏不舒服，才去医院检查身体的，对不对？你现在检查下来，心脏健康没问题，我们就要考虑是不是有其他的原因，导致你心脏不舒服。根据你来我们医院签署过的同意授权文件，我们调取了你在日本医院做的体检档案，我们发现，你一年半以前做的一次体检中，肾脏上发现有一处囊肿，医生建议随访，但是我们查了，一年半里，你没有随访记录。而我们这次的检查过程中，发现你的这个肾脏囊肿已经演变成了肿瘤。这个肾脏肿瘤，是你心脏不舒服的根本原因，是肾脏有问题，不是心脏。"

颂颂呆了呆，问医生："格么，怎么办？"

医生答："建议手术治疗。你的这个肾脏肿瘤，我目测，是恶性的。"

颂颂再次听到了目测二字，惊问医生："侬居然不用切片检查，目测就知道是恶性肿瘤？"

医生解释给颂颂听："我目测是有根据的。你的囊肿，在一年半里，演变为这样大小的肿瘤，基本可以判定是恶性的。"

颂颂问："格么，手术治疗，怎么弄？"

医生开始给颂颂科普，东京肾病专长的著名医院，有哪几家，这里那里，什么区别。颂颂听了一歇，请医生不用讲了，我哪里也不去，就在你这里手术，我这个病，不是疑难杂症吧，你们医院肯定行的吧？医生听了，看看颂颂，说："也行，我就给你安排转诊到本院泌尿科，继续治疗。"

颂颂在六年之后的今天，全盘回忆当年情景给我听："我当天走出医院，居然一点也没有惊慌，还按照既定日程，去参加了一个午宴，一切好像没有什么一样。"

开春之后，颂颂开始在泌尿科治疗，所有检查重新来一遍，又查了一个月，然后确定在五月手术。手术之前，还有一件事情，医院要抽颂颂400毫升的血，进行一个月的培养，手术中需要的输血，就是用的这个培养起来的血，而不是其他的血。

手术之前，颂颂见到了五人治疗团队，主刀医生，麻醉师，护士长，康复医生，营养师。每个人都跑来跟颂颂单独开会，拿文件给你看，一条一条给你解释，荧光笔划重点，然后签字。颂颂讲，好多听不懂，反正就是签字。"我问医生，格么，手术之后，我什么时候可以出院？医生告诉我，有40个指标，这些指标达到得差不多了，就可以出院了。这个我听明白了，治病，就是把这40个指标，调整好。"

"手术之前，医院还要求我把平时每天服的药，交给他们研究。我平时每天吃的，只有一种中国产的高血压药，日本医生拿去研究，然后跟我讲，这个药，好像纯度不是很高。"

还有，病房需要自己选，一共三档，10000日元的是多人病房，拿帘子围起来的那种。20000日元的是单人病房，50000日元的是单人套房，当时分别相当于人民币600元、1200元和3000元，颂颂选了中间档的20000日元的单人病房。

讲几个颂颂至今记忆犹新的细节。

"手术当天，我是自己穿着住院服，坐电梯，去的手术间，电梯到达手术楼层，五个医生护士，列成一排，朝我鞠躬，让我非常惊讶。我原来一直以为，动手术当天么，总归是躺在病床上，护士推你去手术室。后来我还去问护士，为啥要我自己走去手术室？人家回答我，尊严呀。我才恍然大悟，病人也是有尊严的。

"手术后的护理，护士非常亲切，大便、尿、放屁，这些不甚雅观的词，护士小姐都是用动漫语言跟你讲的。腰细了，57岁的颂颂，一开始，根本听不懂护士小姐在讲什么，看颂颂目瞪口呆，护士小姐凑到颂颂耳边，非常轻声地解释给他听。颂颂讲，当时屋子里并没有其他人，护士小姐还是在我耳边轻声解释给我听。

"这里是没有陪夜的。我太太来医院看我，每天只有两个小时。第一天来，我太太跟护士小姐讲，她想给我擦身。护士小姐没听懂，问，为啥？解释给护士小姐听，然后护士小姐拉起我的衣服，在我肚子上划了一块豆腐干大小的地方，跟我太太讲，'颂颂夫人，你请擦这一小块意思意思，其他地方是我们护理的，你不可以动'。

"后来几天，我可以下床走动了，就在医院里走来走去，看见住院的病人，如果是老男人，那是有人来探望的。如果是妇人，好像是没有人来探望的，几乎每个住院妇人，都是拿着一本书在看，整层病室静悄悄的，一点声音都没有的。只有我这里，人来人往，探视不断。最后，医院把住院病层的一间公用的休息室，给了我独用，让来探视我的友人们坐坐讲讲。"

手术成功，一个礼拜出院，颂颂在富士山和杭州，继续疗养了四个礼拜，就痊愈了，至今活蹦乱跳。

然后是漫长的医院跟踪，长达五年之久，医院有一个专门的团队进行跟踪调查，比如每天要求记录盐分和油的摄入量。颂颂被搞得没办法，跟医生讲："我做不到的啊，上海不像日本，每份菜单上，每个菜都标清楚盐分和卡路里的，上海没有的，你让我怎么报告？医生依饶饶我算了，睁一眼闭一眼吧。"再比如，每三个月要报告一次体重的，颂颂没有怎么控制体重，医生就跟他认真谈了一次："颂颂啊，我们好不容易，把癌都治好了，体重问题要重视起来啊。""结果么，我三个月之后，体重报告仍然不够好。但是，从此以后，日本医生对我的体重，再也没有讲过一句。这是医生的分寸，道理都跟你讲了，健康是你自己的，适可而止，多讲无益。"

这个跟踪，跟了五年，如果不是因为疫情，医院是要求颂颂回医院复诊一次的。五年过去，这个跟踪就结束了，颂颂五年满期之后，没有再收到医院的联络了。

所有治疗，费用是 140 万日元，颂颂有日本的国民医疗保险，自费负担 30%，也就是 42 万日元，相当于 85000 元人民币的总额，自费负担 25000 元人民币。

以颂颂的四海精神，当然跟医院院长，一病成至交，后来，颂颂以朋友的身份，邀请医院的院长，来上海玩了一天，爬爬东方明珠，浦江游览吃饭饭。院长跟颂颂讲："好多在我们医院治愈的中国病人，都曾经跟我讲，我要请你到中国观光，不过，只有你一个人，是把机票寄给我的。"

◆ 阳光下的草民

· 一场轰轰烈烈的起死回生 ·

假日清闲，与朱虹先生食食讲讲，食的是溏会的新艳潮州菜，讲的是朱虹先生的一段起死回生的动荡经历。溏会的巨幅玻璃窗外，是南京西路的万丈红尘，百年无恙的平安大楼，叠加着刚刚老骨头翻新的锦沧文华，一切的一切，无比真实，也无比不真实。朱虹经历的看病记，是一种过山车模式的生死魔幻，黑色幽默风，哲学披靡风，真理在风中飘那种。

以下是朱虹先生的讲述。

"2003 年，差不多二十年前，我在做服装，从香港的邓永铿先生手里，取了上海滩服装品牌，拿到上海来做。某日心血来潮，租下了上海兴国宾馆的整栋主席楼，想做一场轰轰烈烈的时装秀。2003 年当时，也算很有想法很时髦的一个手笔。早上他们搭布景，起天台，我跑去现场观看大家工作，蛮开心的事情。突然之间，我觉得天旋地转起来，恶心，大汗淋漓，像喜了一场。狼狈回家，足足躺了一天，到晚上时装秀开幕，勉勉强强，到现场露了露面。我平时身体蛮好的，当时 37 岁，经常踢足球都没有任何问题的。

"过些日子，跟朋友吃咖啡，吃到一半，又来了一次天旋地转，活生生又喜了一趟。

"再过些日子，踢球，这是我的日常运动习惯，没什么特别，结果么，当天在更衣室里，再度天旋地转。

"我想想，这个事情，怎么变成常规性的了？我要搞搞清楚，到底是哪里出了毛病。我有个同学，学医的，介绍我到某著名医院做检查，核磁共振，机器'呜呜呜'推进去检查。因为是熟人，我做好检查，机器上爬下来，就凑到医生旁边，跟医生一起看影像。医生讲：'腰细了，侬 37 岁的人，脑子扫描，像 70 岁人的脑子，侬看看，靠近脖子这边的一条动脉，细得不能再细了，细得像断掉了差不多，血上不去脑子里了。'我看看影像，医生没有瞎说，是真的这样。医生讲：'侬这个样子，随时会出问题的，一个不对，就走掉了。'

"我听完，晴天霹雳，这是没几天可以活的意思了，吓得面无人色。这辈子，还从来没考虑过喜的问题，怕喜啊，怕得不得了，谁不怕喜？从那天开始，我身边就不能断人了，一没有人在身边，就七想八想要疯掉了。我记得，当时家里请脚底按摩的师傅来，一按摩就是六个钟头，不是我多么需要按摩，是身边不能断人。夜里睡觉，那是完全没办法睡了，什么叫心寒，我是彻底懂了，夜里睏不着，真的，心是寒冷的。

"家里找了个远房亲眷来，是浙江某地的有名中医，而且是会看西医片子的中医，本事很大的，跑到我家里来，给我看病。中医搭好脉，看好片子，跟我讲，对不住，我只好判侬死刑了，侬身上带了只不定时的炸弹，随时随地会炸的。侬抓紧时间交代后事吧，能吃吃点，能喝喝点，只能如此了。中医走后，我印象很深，当时屋里空荡荡，就剩下我自己和一条忠心耿耿的狗狗，气氛真的跟喜了人一样。中西医异口同声，铁定的事实了。

"然后再安排去上海另一家著名医院检查，打算重新拍片子。我进去，看见医生，问医生，我现在这个样子，飞机可以坐吗？医生看看我，讲飞机可以坐的，一时半会不会出事情的。我就讲不查了，出来了。

"我想去外国看看毛病。当时的工作日程，是要去瑞士看一个钟表展，我就跟瑞士朋友讲，侬帮我在日内瓦找个脑科专家看看病。瑞士朋友讲没问题，我来弄。结果帮我安排了一个名医，世界最厉害的三大脑科专家之一，朋友讲，阿拉伯人都排队去他那里看脑子的。

"格么就去了。飞到日内瓦，捡了当地最好的酒店入住，还考虑钞票做啥？根本不考虑。房间虽然不是总统套房么，也是套房。欧洲的酒店，层高多少高啊，我居然觉得房子太低太压抑，透不过气来，没办法在屋子里住。一个人跑到酒店外面去，在河边坐着。想想这辈子，挣的钱，还没来得及花，就快要走了，心里怨是怨得不得了。当时是礼拜六，医生要礼拜一才看病。那两天，这个难熬啊。没有办法睡，也没有办法吃。大家在酒店里吃饭，我一闻食物味道，就讲气味难闻，这种东西怎么能吃，然后一个人跑出去。

"终于熬到礼拜一，瑞士朋友带我去看日内瓦名医，过了一道又一道关，总算见到医生了，人家笑眯眯，一路看着我，我刚坐下来，就跟我讲：我看你不像很快要死的样子。我也听不懂，他到底是真话还是开玩笑的话。我是拎着上海拍的片子去的，还带了张计算机光盘。结果么，计算机光盘交给医生，一放进医生的计算机，把医生的计算机弄瘫痪了，只好请人来修。我手里还拎着现成的片子，医生讲：这个我没办法看，你去隔壁的放射医院重新拍一下，我打电话过去，你现在就去吧。

"放射医院在几条马路之外，我跟瑞士朋友一起过去，重新核磁共振。这次的医生，是个法国医生，女的，据说是这个领域的世界顶级选手，梳只笔笔直的金发童花头，眼睛又大又冷，像外星人一样。我检查好，坐下来，听法国女医生解释给我听。她只会讲法语，我请瑞士朋友翻译，跟他讲，请侬直接翻译成中文，关键时刻，就不要翻译成英文给我听了，我还是母语最有把握。法国女医生给我看刚刚拍好的片子，我震惊得不得了，片子的那种清晰度，是我从来没有看见过的，天下世界，原来有这么清楚的片子。相比之下，我以前拍的片子，模模糊糊，像只野狐脸。

"法国女医生讲：'你的脑子，很年轻，血管是有真真一点点细啦，但是完全正常的，根本没有生命危险的。'

"我听得呆掉了，一百个想不通。法国女医生跟我讲：'放心，我是顶级选手，我是最权威的，我讲没问题就是没问题。'

"我还是转不过弯来，问医生：'我看你这里的核磁共振机器，是 GE 的，跟我在上海的医院检查，用的是同一种机器。都是 GE 的，为什么结果如此不同？'

"女医生跟我讲：'如果我现在交给你一部法拉利，你能把它开得跟舒马赫一样快吗？'

"好了，人家这句，是讲到头了。

"我再回到脑科专家那里，医生继续笑眯眯看着我，跟我讲：'看到吧，跟我预计的一样，你脑子没有问题，我推测，你的天旋地转，是耳水不平衡引起的，现在，我给你转诊到五官科去做检查。'

"格么，我再去五官科。五官科医生跟我讲，我们有七种方法，验证和测试耳水不平衡的问题。现在我们就从第一种开始。

"我一看，诊室里，有一张椅子，像谍战电影里审讯重要犯人的那种高科技审讯椅，我像电影里的男一号一样坐上去，医生把开关打开，不得了了，椅子转起来，像训练航空员一样那种旋转，我哪能吃得消？马上示意医生停下来停下来，阿拉不查了好不好？只要脑子没事情，耳水平衡不平衡，阿拉就不验证了。

"关于耳水不平衡，医生跟我解释了一下，就是耳朵里的一个微小零件，不巧，掉出来了，人就天旋地转失去平衡了。小零件一旦回到原处，就好了。至于原因，全世界目前还没有寻到，因为无法活体解剖耳朵。这个领域的顶级研究团队在哈佛。全世界只有法国，建议患有耳水不平衡的患者，不要在高速公路驾驶。除此以外，没啥好讲的了。

"一个圈子折腾完，我后来总算搞明白了，为什么我在上海的那家医院检查，脑子是那个快要死亡的样子。原来，因为医生是我的朋友，拼命对我好，帮我省钱，拿前面一个病人用剩下的小半缸显影剂，给我免费用，替我省了买显影剂的钞票。结果么，小半缸显影剂，模模糊糊，只够显示大半个脑子，到上半部脑子的时候，显影剂不够了，就断线了。所以哦，人千万不能贪小便宜的。当时做一个核磁共振是 700 元人民币，为了省这个 700 元，我后来去日内瓦看医生，花了 40000 元人民币。"

在中西医异口同声的判决底下，仍能死里逃生成功翻盘，无论如何，是顽强的。

　　那天最后一个话题，我们讲的是，相比于外国医生少量的临床经验，我们中国医生数量庞大的临床经验，比如一年惊人的手术数量，是不是值得景仰？朱虹跟我讲："这是一个谬论。赤脚医生一百样毛病都看，格么，赤脚医生是天下名医了？一个足球运动员，在乙级队踢了 500 场球，是不是就比在甲级队只踢了 100 场球的球员，来得优秀了？不可能的吧。"

　　这个看病故事，给我的启示是，我们非常需要具备一点辨别能力。

·90岁汪家伯伯跌倒后·

　　很早之前，兴高采烈预约了友人汪大凯吃晚饭，饭期将至的前夕，大凯突然在微信上讲，"老父摔倒，送医急救，可能明天要手术"。微信饭群里，众人大惊，纷纷劝慰大凯，安心安心，全力以赴帮父亲治病，饭局以后再讲，不要紧的。当时十分替大凯忧心，汪家伯伯90岁高龄，如此酷暑天气，万恶的疫情还在此起彼伏，这种突发疾病，要如何步步为营去求医？想想都让人热汗长流。大凯似乎没有太多的惊慌失措，事发大半日之后，甚至有种成竹在胸的稳健，让我十分佩服。一个月后，汪家伯伯病情稳定，请大凯叙述了汪家伯伯看病求医的前前后后。

　　看病记，这种复盘，意义深远。也许，于未来的某时某刻，这篇小文字，能够帮助我们的家人和我们自己。

　　生病和治病，这种事情，谁知道呢？

　　以下，是大凯的复盘。

　　汪家伯伯在疫情之前，每天都会在户外散步，疫情之后，汪家伯伯放弃了这个生活习惯，改成在室内，每天走 1500 步，从家里的这个房间走到那个房间。九旬老人家，每日状况好好坏坏，有的日子特别好，有的日子呢，就差一点。比如有的时候，脚比较肿，脚步就有点趔趄不稳，等等。7 月 17 日那天，汪家伯伯有点乐极生悲。早上起来，感觉特别健朗清爽，于是室内散步的时候，步子就跨得稍稍大了一点，走得也略略快了一点，结果么，一个不稳，失去平衡，向前摔倒在地板上了。汪家伯伯摔倒后的 5 分钟内，照顾起居的保姆迅速电话通知了大凯，大凯 30 分钟内赶到父亲家里，这个时候，保姆已经帮助汪家伯伯从地板上移动到了床上。当时，汪家伯伯没有明显的痛感，但是就是身体无法动弹。大凯想了想，是不是要送父亲去医院检查一下，看看有没有骨折发生。这个犹豫，只是片刻，大凯立刻决定，要送父亲去医院检查，否则无法放心。

　　送医院，第一件事情，是查看汪家伯伯的"绿码"，大凯一查，汪家伯伯的核酸记录超过 80 个小时了。思考了一下，大凯给和睦家医院的浦东分院打了电话，告诉该医院，汪家伯伯目前的身体状况和"绿码"状况。大约两个月前，大凯曾经陪父亲去这家医院看过一次小病，他们有汪家伯伯求医的记录档案。电话里，他们听完大凯的叙述，跟他讲："请你放心，在病人送到医院之后，我们会给病人补上测试手续，我们不会因为'绿码'的问题，浪费任何抢救病人的时间。"大凯听完，大大松一口气，立刻呼叫了救护车。20 分钟后，救护车到达汪家，一名医生、两名救护人员、一名司机，用软担架，将汪家伯伯从床上移动到救护车上，十几分钟车程，抵达了医院。120 救护车服务，在上海不是免费服务，病家需要支付相关费用。

入院之后，遇见的第一位医生，是急诊部的全科医生，大约 30 多岁，大凯问这位医生，父亲是不是要做一个核磁共振检查？医生说，目测下来，病人不需要核磁共振检查，做 X 光检查就够了。汪家伯伯做了 X 光检查，10 分钟后出来报告，确诊骨折了。此时此刻，骨科的主治医生也在从家里赶往医院的路上。这位骨科主治医生到达医院，了解病况之后，跟大凯讲，"如果是我的父亲，我会争取今晚或者明天，给父亲动手术，置换髋关节"。

据医生解释，骨折的黄金手术时间，通常是在骨折发生之后的 72 小时之内，超过 72 小时，医生需要考虑的其他因素会增加很多。而老年人因为高龄带来的免疫力低下、很难避免的褥疮、肺部感染等问题，导致骨折手术之后的三至六个月里，高龄患者的死亡率是相当高的。

与骨科主治医生讨论之后，大凯迅速决定听取医生的意见，尽快让父亲接受手术，置换髋关节。医生给出的最快手术时间，是第二天的下午四点。为什么是这个时间？因为当时已是晚上了，医院能够提供的最快的手术时间是第二天的上午。但是，这台手术需要置换髋关节，而上海的进口人工髋关节当时极度紧缺，市面上美国生产的捷迈（Zimmer）的人工髋关节，仅存数件，医院方面最早拿到人工髋关节，是第二天的下午两点。这是医院与病家商量，把手术安排在第二天下午四点的原因。

当晚，医院确定了主刀医生，是该院首席医疗官、骨科医生赵辉，赵医生曾经是长征医院的骨科主任。由于汪家伯伯手术之后，需要留在ICU看护病房一个晚上，医院当天晚上安排汪家伯伯，从浦东分院转到了浦西分院，因为设备整齐的ICU病房在浦西分院，汪家伯伯的手术也将在浦西分院施行。当晚，汪家伯伯进入浦西分院的时候，已是晚上九点。

一切安顿下来，大凯夜里陪父亲睡在病房里，房内一张沙发床，供家属陪护。漫漫长夜，大凯十分忧心，给他的医生朋友打了电话，这位医生朋友听完之后，跟大凯讲："你确定一定要在这里开刀吗？这家私立医院，服务好，环境好，态度温和，那是没有问题的。但是，是不是也拥有足够硬挺的高水平医生？"对此，大凯也不是很有把握，就把主刀医生赵辉的名字讲给朋友听；朋友听完，说："如果是赵辉医生主刀，那我就放心了，你就在这里开刀吧。"

手术之前，还有一个极大的困难，是准备血浆，大凯这才知道，目前遭遇的是血荒的情况。汪家伯伯的这台手术，医生预估需要备血800毫升，医院跟大凯解释了血源紧张，但是并没有要求大凯自己去解决，医院为此，一直奋斗到手术之前不久，才调配到 400 毫升的血，主刀医生告诉大凯，400 毫升够了。这个过程中，还有一位老外骨科医生，拿过上海市白玉兰荣誉奖，因为他曾经在上海创建过一个慈善组织，为病家献血。这位骨科医生自己作为表率，带头献血，每年献血次数多达十来次。这位老外医生跑来跟大凯讲，万一医院调配不到足够的血，他会想办法通过慈善组织帮忙筹措，请大凯安心。

　　一夜过去，第二天一早，医院的各科医生，出现在汪家伯伯的病房内，做各种手术前的检查，心电图、X 光、验血等，所有检查，都在汪家伯伯的病房内完成，不需要病人移动，包括 X 光检查，都是在汪家伯伯的床上完成的。检查完毕，各科医生都给出了意见，全程有 6 位护士辅助。中午十二点，由 5 位医生、3 位护士组成的团队，开会决策手术方案，其中一项，是决定全身麻醉，还是半身麻醉。麻醉师是来自北京协和医院的一位女医生。起初，医生们的选择是全身麻醉，但是，汪家伯伯高龄，原来就有呼吸障碍，平日晚上睡觉要用呼吸机，如果采用全麻，必定需要给病人插管，这对于汪家伯伯来讲，是痛苦的。如果不做全麻，采用半身麻醉，免去了插管之苦，但是手术的难度却增加了，医生需要精确把握手术时间，手术时间只允许缩短，不允许延长，压力也就大为增加。这一次的会议，医生们决定，采用半身麻醉。

整个上午，医生护士们都在为下午四点的手术做准备，大凯跟赵辉医生讲，父亲现在的情绪非常糟糕。汪家伯伯一辈子没有住过医院，一辈子没有动过手术，老人家难以接受，在90岁高龄，却要入院手术。昨晚一整晚，汪家伯伯一直在自怨自艾后悔叹气，我为什么这么不当心、我怎么就遇上这么糟糕的骨折、我还能不能站起来，等等，大凯希望医生能跟父亲谈谈。赵辉医生闻言，马上安排时间，跟汪家伯伯讲了30分钟的课，把整个手术的过程解释给汪家伯伯听。大凯说："除了费用问题没有谈，医生和我父亲，谈了几乎所有可能发生的问题，包括这个手术，无论如何，还是存在一定的风险的，连这一点，医生也心平气和跟父亲讲了。"

讲到费用，也正是我想了解的。自始至终，医院如何收取押金之类的呢？

大凯讲："我们在医院治疗期间，我唯一的一次不愉快，确实是跟费用有关，那是第一天晚上，我们从浦东分院转到浦西分院，刚刚进门，就有一位工作人员跑过来，当着我父亲的面跟我讲，手术后预留3天的ICU病房，每天是4万元人民币，请你知晓。我当时是生气的，你不能当着我父亲的面，跟我讲这样的话，哪怕你把我请到旁边，跟我打这个招呼，我都会舒服很多。我为此投诉了这个事情。结果，第二天一早，医院出动了三位主管，来跟我道歉。手术之前，医院要求我付的押金是 3 万元人民币，这个数字是怎么来的？我也不是很清楚，因为我当时从微信上支付给医院，我微信的每日付款限额是 3 万元。事后，我才知道，那个人之所以贸贸然跑来跟我讲费用，是因为他在浦西等我们从浦东转院过去，已经晚下班了 3 个小时，于是我们一到浦西，他迫不及待就过来跟我讲费用的事情。"

关于这个细节，我后来跟医院核实，院方告诉我："这确实是一个让家属高度不愉快的事情，我们第二天一早立刻向家属诚恳道歉。犯错的工作人员，是临时被安排来代职的，没有受过专业训练，当时这个岗位的同事，因疫情居家，这个的确是医院方面的疏漏不当。"

那陪护呢？汪家伯伯身体完全不能动，入院期间，是不是需要家属请护工护理？大凯告诉我，完全没有护工。汪家伯伯没有请护工，整个医院里，也没有看见有护工。入院期间，一位病人有一位护士负责，24 小时进行护理，包括用药，注射，检查，翻身，饮食喂饭，等等。"作为家属，我一根手指头都没有动过。护士们都十分专业，态度和蔼，而且有一种发自内心的、希望照顾好病人的感情。后来跟她们熟悉了，我指着墙上一幅护士们的合影，请她们讲给我听，她们分别来自哪里，我才知道，这些护士是一个国际团队，她们来自世界各地，她们都在中国的护士学校毕业之后，考取了国外医院的工作机会，

在新加坡、英国、马来西亚、沙特阿拉伯等地的医院工作了
五至十年，都能讲流利英语，我听她们和医生之间的交流，很
多时候是讲英语的。"汪家伯伯出院之后一个月，这些护士小姐
还经常在微信上问候汪家伯伯，成了汪家伯伯生活中的一个小
快乐。

"到了下午三点半的样子，医生跟我说，我们一切都准备好
了，如果病人不介意，我们可以提前 30 分钟开始手术。结果我
们就提前 30 分钟开始手术，三点半开始，三点五十开刀，手
术全程 40 分钟结束，出血 200 毫升，一切顺利。事后医院告
诉我，我父亲，不是他们接诊的最高龄的髋关节手术的病人，
曾经有过一位 93 岁老太太也成功手术。不过我父亲的案子，是
最复杂的，因为父亲有多种基础病。手术结束后 15 分钟，父亲
直接进入 ICU 病房，观察一晚，由两位医生和一位护士照顾，
这一个晚上的费用，高达 4 万元人民币，但是我想安全起见，
还是接受医生建议，让父亲留在 ICU 病房。"

第三天一早，大凯去医院，赵辉医生已经在医院里了。汪
家伯伯恢复正常，手术后的第二天，可以下地了。大凯跟父亲
聊天，汪家伯伯跟儿子讲，因为是半身麻醉，手术的时候，他
听得到医生锯骨头的声音，还听到医生们相互之间讲笑话，呵
呵呵。大凯拿这个讲给医生听，医生跟他讲，手术室里，是需
要一点轻松说笑的，要是手术间里鸦雀无声，倒是有问题了。

大凯想想也对。

大凯问父亲："进手术室的时候，爸爸侬想些什么？"

汪家伯伯讲："我想，第一个么，我还能不能见到你。第二个么，我还能不能站起来。第三个么，我还能不能玩手机。"

前面提过，汪家伯伯从来没有开过刀，从来没有住过医院，更不要说私立医院、国际医院，大凯跟父亲讲："爸爸，侬这次事情，所有的主意，都是我拿的，所有的字，都是我签，如果万一有什么不好，我也认了，侬也认了。"

汪家伯伯手术后，在医院住了三天，住院期间，医院特地将汪家伯伯安排在离开护士台最近的病房，只要打开房门，就看见护士，拐弯都不需要。汪家伯伯一有不舒服，比如咳嗽了，护士马上联络相关科的医生，20 分钟左右，医生就来病房检查。汪家伯伯后来跟儿子讲："大凯啊，我现在都不敢跟她们讲我有不舒服，我一讲，医生马上就来了。"大凯笑："爸爸，侬不要担心。"

三天后，汪家伯伯出院回家。回家时候，大凯根据医院的推荐，呼叫了热线，这个热线，提供病人出院时，从医院到家里、从床到床的服务，他们负责把病人从医院的病床上，移动到家里的床上，不需要家属动手。这个也不是免费服务，需要承担类似出租车的费用。另外，这个热线，仅提供从医院到家里的移动服务，反过来不行，不能从家里到医院。

　　最后，我请大凯告诉我，这样一场手术治疗，前前后后，全部的费用是多少？

　　大凯讲，汪家伯伯的账单，多达 30 页纸，如果使用商业医疗保险，价格是 29 万元人民币，如果是自费，医院给的价格，是 20 万元，其中手术费用是 15 万元左右，ICU 病房一晚是 4 万元，还有一些其他费用。

　　最后一个问题，汪家伯伯入院期间，吃得好不好？

　　大凯讲："父亲吃东西很挑剔的，在家就很挑剔的，医院的饭菜，父亲也说不好吃。不过我吃了觉得还不错的，我是自费买来吃的，一份套餐 30 多元。父亲入院期间，全程有营养师在的。"

拾珍：老上海的家教

· 戴大年先生 ·

晚春，于家中读了一册南怀瑾先生的传记，全书珠玉琳琅，不一而足，捡个细节讲讲。

南先生童年，母亲在家里煮饭，忽遇酱油见底，遣孩子去隔壁打碗酱油来。小南先生去了，返程途中，两手捧着扑扑满一碗酱油，一双眼睛紧紧盯着碗里的一摇三晃，好容易捧进家门，酱油却也晃完了。小南先生沮丧得不得了。母亲慈蔼，讲，捧着酱油走路，眼睛不能盯紧碗里，放开眼光来大步走路，就不会洒落酱油了。说完，母亲拿碗拿钱给小南先生，嘱他重新去打一碗。这一次，照着母亲的教导，成功了。

虽说是打酱油的故事，其实，人世间的大事小事，亦如碗里的酱油，越是盯得紧，越是洒得快，不如放开眼光怀抱，倒是更多一点可能，更多一点潇洒。

南先生是温州人，浙江人的家教，啧啧，一向是厉害的。

跟戴大年先生聊天。戴先生家，在离我家新乐路一箭之地

◆ 戴家的全家福

的延庆路，延庆路19号，从前叫哥伦比亚公寓，现在楼下沿街开着两家水果铺。戴先生告诉我，水果铺的位子，从前是安置炮仗炉子的屋子，炮仗炉子，就是如今的热水锅炉，负责整栋公寓楼的供暖设备。哥伦比亚公寓对面，热气腾腾的小食铺，是如今我日日清晨殷勤前往的大饼油条豆腐花之家。

戴先生府上是松江泗泾，太祖公戴葵人是晚清名儒，设私塾。戴家跟史量才家是世交，前后四代人，超过一百年的交情，史量才是太祖公最得意的门生。到了戴先生父亲戴振东这一代，翩翩富家公子，仍是老《申报》的编辑，1949年后留用于《解放日报》，戴先生谦称自己为小知识分子。戴先生母亲是川沙人，戴母童年，正值淞沪战争期间，日本人在南市扔炸弹轰炸，她跟随家人逃到租界来，躲在戴家的屋檐下，被戴家收留在亭子间。戴母只读过一年小学，字也认识不多，从小是织袜厂的童工。

戴先生跟我回忆："父亲一生小心谨慎，惟一的不谨慎，是他当年每天从《解放日报》下班，带一本图书馆里的书回来，给我读书。这在当年是不得了的事情，全靠他跟报社图书馆管理员的私下交情。每天晚上偷偷摸摸带回来，第二天上班要交回去的，所以我就夜里拼命看书，15支光的电灯，眼睛看坏了。父亲就是靠偷书出来给我们兄弟姐妹读，防止我们学坏的，这一点，现在回想起来，是我童年最大的一个教育支撑。

"父亲在家里，都是听母亲的，教导孩子，父亲总是笑笑不响，都是母亲耳提面命。我们兄弟姐妹在弄堂里白相，小孩子难免打架，我弟弟打输了，逃回家，母亲把门一关，拿弟弟推出门去，继续去打，不打赢，不要回来。

"我们孩子小时候写毛笔字，握笔姿势，都是母亲督导纠正，母亲自己并不写毛笔字，她的办法，是先去看熟父亲如何握笔如何写字，然后来督察我们小孩子，跟父亲的握笔是否一致，父亲倒是从来不管我们。"母慈如此，我听得泪目不已。

戴先生童年，六七岁左右，每晚父亲会讲一回《水浒传》给孩子听，父亲用他自己的语言讲的，孩子喜欢得不得了。有趣的是，"有些梁山好汉的名字，父亲都读错了，一直到我长大以后，才发现这一点，呼延灼的灼，父亲就读错了，我也跟着父亲的读音，还被同学笑话"。

"父亲喜欢晚饭时候吃点小老酒，五加皮之类，上海人所谓小乐惠，孩子跟父亲一起上桌吃饭，母亲通常是在我们吃到一半，才上桌来。我是长大以后才明白过来，母亲此举，其实是把困窘年代里，仅有的一点点荤菜，都省给丈夫和孩子们吃。我们兄弟，有时候在家里讲到父亲，一有不逊之词，母亲立刻呵斥，不许讲侬爷。

"饭桌子上，母亲的规矩是很严的。小孩子手要洗干净才可以上桌，筷子不能有长短，食饭不能有声响，弟弟吃饭时候看

◆ 父亲母亲，百年好合

天花板，母亲是要打手心的。

"坐有坐相，立有立相，翘腿抖脚，都是严禁的。我记得很清楚，母亲从小教的，跟人讲话，眼睛要看着对方。我长大行商，与人谈判，都记得母亲的教导，眼睛看着对方，一是真诚，二是尊重对手。

"母亲自己没有读过多少书，对老师极度尊重，老师来家访，母亲完全是诚惶诚恐地对待老师，口头禅是，好好读书，听老师的话。

"不过，我们童年，父母只是教导孩子好好读书，完全没有对孩子的职业生涯有什么规划，没有的。那时候的人，读书似乎是一种修养，没有现在这么功利，读书是为了这个和那个，非常具体，非常计算。

"父亲对年轻人最高的评价是这样讲的，某某某，是世家子弟。一句话，讲到天花板了。"

· 夏书亮先生 ·

　　前一年的仲夏风雨日，与张少俊、夏书亮兄饮食于永嘉路。少俊是三十年亲爱旧雨，书亮是中年新知，两位都是出色画家，少俊精水墨，书亮画油画，然后还分别有一些出生入死的别致爱好。当我挥着小汗迟到五分钟匆匆奔进餐馆，书亮先生刻不容缓迎上来握了一把久仰之手，啊啊啊，彼此寒暄一分钟，落座之前，我已经十分肯定，这一位，绝对是枚少爷。为何如此肯定？想了很久，无法言说。上海的这一辈末代少爷，大多出生于20世纪50年代末60年代初，并没有过到几天锦衣玉食的佳美日子，却仍有血脉相传的贵气清气，清气比贵气更难得，基因里的营养依然绵绵不绝，亦抄过家亦下过农场亦考过大学亦跋涉过重洋，一切的艰难挣扎，无不与时俱进。而人到中年，音容笑貌里，依然有清晰的少爷气息不绝如缕。照理讲，少爷老成，顺理成章变成老爷，而奇异的是，这一票少爷，一辈子不再有机会变成老爷，他们的气质，永远地定格在少爷那里，

◆ 梅雨季节的重华新邨

◆ 安福路赶集

• 窗口的风景

◆ 友人家的花园

◆ 重华新邨的窗口

一生一世。于是我今天看到的这些六十出头的上海男人们，上海最后一辈的少爷们，大多有一种难以与君说的气质，看多了，我是一眼就能辨出来，然后是，于心底深处，黯然一恸。

书亮后来读到我写的上面这一段，无褒无贬，冷静说了一句："半辈子，我除了生儿子，需要我太太帮忙，其他事情，我自己都可以做好的。"

光是这一句，侬看看，是不是少爷味道十足？

书亮家住南京西路著名的重华新邨，当年英租界内的秀挺名宅，历代芳邻里，名流纷呈不胜枚举，最通俗易懂的一位，大约是张爱玲小姐。书亮的父亲，有一间五福织布厂，20 世纪 50 年代，拥有一间织布厂，大致相当于今天拥有一间芯片厂。不过，书亮的父亲，没有多久，就跟人家讲："织布厂，你们拿去吧，家里全部的积蓄，你们也拿去吧。"人家把织布厂拿了过去，改名第五织布厂，打算给书亮的父亲，在厂办工作室里安置一个工作。书亮的父亲坚辞不受，一口咬定要下车间做工人，每天拿一团纱布，擦拭织布机上的锭子，擦到老、擦到退休、擦了整整一辈子。

书亮自己是 1960 年出生的，是家里五个兄弟姐妹中最末的一个小弟弟。大姐姐 1946 年出生，二哥哥 1949 年出生，大姐姐读到了大学，二哥哥 1968 年高中毕业插队落户。父亲那一辈的叔叔伯伯几个兄弟们，共同制作了一面流动红旗，在堂

◆ 书亮与父亲母亲摄于重华新邨老宅

兄妹们中间流动，奖励读书成绩优秀的孩子。"这个学期，叔叔家的孩子成绩好，红旗就流动到叔叔家。下学期，我姐姐成绩好，红旗就流动到我家里。大姐姐读大学的时候，我还是小孩子，大人们常常跟我们小孩子讲的一句话，好好读书，长大以后，像哥哥姐姐一样，读大学。从来没有讲过，长大以后，像爸爸一样赚大钱，从来没有讲过。"

"当年，爸爸一个人工作，养活一家六口，一个礼拜只有礼拜五休息一天，跟孩子们相处的时间不多。爸爸不多讲的，基本上是言传身教。我家南京西路重华新邨背后，拐到长乐路500号，是我爷爷奶奶家。60年代，过年时候，爸爸总要带我去给爷爷奶奶拜年，我那个时候六七岁的样子。长乐路500号那条弄堂，进门后右手边，靠墙，有一间搭出来的铁皮屋子，住了个孤老太太。爸爸带我去给爷爷奶奶拜年，进弄堂，总是先去这个铁皮屋子，把准备好的凯司令的点心蛋糕拿给孤老太太，叫我给老太太拜年，吉祥话讲一大堆。我小时候完全不懂，这么龌龊巴拉的，啥人啊？凯司令点心，我也蛮想吃，爸爸怎么不给我吃呢？这种事，爸爸是一句不跟我讲道理的，等我长大了，统统都懂了。再想到，60年代，其实我爸爸自己也不富裕的。

"后来，我听我姆妈讲过，奶奶从前在四川的时候，冬天遇到穷人来讨食，不但要给人家吃饱，而且一定要留人在家里过夜，怕天冷，夜里在外面受冻。这些事情，爷爷奶奶传到我爸爸姆妈，都是一样的。

"姆妈管我是管得很严的。同学来家里玩，姆妈都看在眼里，看见不合适的同学，就叮嘱我，不要跟伊来去。童年时候，弄堂里男孩子玩的橄榄核、电影票、斗鸡、刮片、打玻璃弹子、弹皮弓，姆妈都不准我白相的，小时候很眼热，眼巴巴立了旁边看人家白相，心里馋煞了，至今是一宗遗恨。

"饭桌子上，姆妈的规矩是很大的，爸爸没动筷子，小人们是不许动的。吃饭吃菜，筷子不许东兜西兜。姆妈每天在爸爸饭碗下面铺一枚荷包蛋，小孩子是没有的，爸爸辛苦，只有爸爸有。爸爸没有什么嗜好，不喝酒的，只有'文革'年代抽过烟。每天吃好晚饭，弄堂口买三张蓝印纸，开始铺开来，写检查，一式三份，香烟头上积很长的灰。'文革'一结束，爸爸就戒烟了，后来再也没有抽过。我们小时候跟父母出门做客，在亲眷朋友家里吃饭，小孩子饭桌上举止如果没有规矩，那在父母，是人生里最没有面子、最坍台的事情。"那个年代，被讲一句，谁家的孩子，这么没家教？那是骂人骂到尘埃里了。而书亮从小到大，经常听到的一句赞誉是，好人家屋里出来的小人，侬看看交，是不太一样的。

最近读完单伟建先生的《金钱博弈》，其中有一段，写到湖北十堰的东风汽车厂，这是一间建设在山沟里的汽车厂，很

◆ 父亲母亲，一份好人家

多部分，当年由上海整体搬迁过去。单伟建20世纪90年代到
达那里，还经常在车间里，听到上海籍的工程师们互相以上海
话商量工作。这家汽车厂曾经尝试与法国雪铁龙谈判合资项目。
东风汽车的高管团队受邀访问法国，雪铁龙董事长设家宴招待
客人，董事长夫人拿出最好的银质餐具，准备了最佳的法国菜。
中国客人入席后，展开餐巾，开始擦拭刀叉。女主人惊呆了，
难道他们认为家里的餐具不干净吗？她备感羞辱，哭了起来。
而中国客人面面相觑，搞不懂是什么意思。

　　原来，单伟建写道，十堰比较落后，卫生条件差。这些上
海来的高级知识分子都很讲究卫生，每次饭前总是用手帕擦一
擦筷子，也会先用开水来冲洗碗筷，这成了他们多年养成的习
惯。这次在雪铁龙董事长的家里，他们只是下意识地重复了习
惯性动作，不料无意之间伤害了女主人的自尊。幸亏他们没有
要来开水自己消毒餐具，否则彼时彼地那个合资项目就泡汤了。

　　回过来，再写几句书亮家的家教。

　　"有些做人的道理，姆妈从小是划好界线的，比如，不可以
跟人借钱，绝对不可以犯规的。那时候我哥哥插队回来，家里
捉襟见肘。隔壁的宁波邻居非常好心，跟我姆妈讲，铜佃够不
够用？不够么，我这里有，拿点去。粮票够不够？我家里都是
女孩子，粮票有多，拿点去。我姆妈无论多么缺钱，从来不跟
邻居借钱的。我长大，当然也从不跟人借钱。

◆ 母亲

"如今的家教，不是这样的了，最著名的一句，是教导子女，不要输在起跑线上，这样的家教，教小孩子一辈子拿隔壁的人，当对手，当敌人，刀光剑影的一生，要如何过？"

那天晚上，我问书亮的最后一个问题"格么，你后来娶妻，婚后有没有觉得太太家里的教养，跟你家有什么不同？"书亮想了半分钟，答我："好像没有，太太安福路长大的，我们两个人，家教好像没有落差。"

末代少爷，结棍。

·楼崚先生·

　　大半年前，某晚与王维倩小姐共饭饭。坐稳未久，维倩小姐讲了段往事给我听，她夫君楼崚先生家里的往事。

　　维倩小姐讲，70年代末，刚刚可以出国留学的时候，楼家的儿子们，一个一个，计划赴美留学。当年社会面普遍清寒窘迫，人尽皆知。拿什么给儿子们出国呢？某个礼拜天，楼父叫小儿子楼崚："阿三，侬来帮帮忙。"父子两个走到灶间。从前上海人家的煤气灶前，为了节省煤气，都有一圈铁皮制的圆形挡风圈，上下卷着边。这个东西，积年油腻，污垢厚得难以下手。楼崚立在旁边，看着父亲把这个东西稍事清洁，拿根铅丝，慢慢穿进卷边里，一点一点穿，穿出一把闪闪发亮的碎石头来。1955年出生的楼崚，当时二十出头，从来没有见过这是什么东西，父亲告诉他："这个是钻石。出国去留学，带点硬货去。"楼崚又问父亲："姆妈知道吗？"父亲答："姆妈不知道的。记住，侬要做什么事情，最最亲近的人，也不能讲的。世界上最好的保密，不是叮嘱别人不要泄漏，是管好自己的一张嘴巴。"

维倩小姐以上海歌剧院首席女中音的眉飞色舞，拿这段往事讲得极致生动，巴尔扎克都不见得写得出来的人间喜剧，真真叹为观止。那个晚上，接下来具体吃了些什么山珍海味，老实讲，我如今统统不记得了。

楼崚先生后来感慨万千地讲给我听："我们楼家，三个儿子，最大的家教，都是来自我姆妈，爸爸在外忙碌，即便在家里，也是不大响的。"

"我外公是浙江余姚人，在上海做买办，讲一口英文。姆妈是长女，从小被外公送到英国人的教会学校读书，住读，每个礼拜五，外公汽车接回来，礼拜一再送去学校。我从小在家，经常听姆妈讲，这个是嬷嬷讲的，那个是嬷嬷讲的，姆妈受教会学校嬷嬷的影响之深，可见一斑。姆妈很会穿衣打扮，60年代，上海女人都不怎么打扮的，我姆妈照样奇装异服，鲜艳得不得了，宝蓝、玫红、橘黄，我姆妈都上身的，穿得漂漂亮亮。姆妈还画眉，那个时候，那是绝无里的仅有。我欢喜女人打扮得清清爽爽，显然是受了姆妈潜移默化的影响。大家看到我姆妈这样打扮，都目瞪口呆，其实没什么奇怪，她从小看惯这些，于这样的环境里长大，在她，只是一种自然的日常而已。"

维倩小姐讲："楼崚像他姆妈，现在穿衣服还是像他姆妈，外面男人不太会穿的颜色，他都会穿。他择偶也受他姆妈影响，

◆ 楼父楼母与四位舅舅

他姆妈是微胖的女子，直接影响了他的审美态度。"

楼峻先生讲："我父亲是浙江东阳人，十几岁到上海做学徒。你知道，中国的农民里，有一些人，脑子是很好用的，我父亲就是那种乡下人。到了上海，很快就跟人合伙做了汽车生意，后来在茂名路延安路那里开了车行。那个地方，现在仍是一个车行。父亲相貌英挺，一米八，人聪明，到了上海，很快会讲上海话，开吉普车，穿大军靴，还有一股浙江人特有的火气，十分耀眼。因为做汽车生意，慢慢认识了教会学校的学生圈子，遇见了我姆妈。父亲读书只读到小学五年级的程度，一辈子都是靠自学，写一笔好字。父亲一直讲：'我三个儿子，书都比我读得多，但是没一个儿子，字写得比我好。'"

所谓三代做官，吃饭穿衣。家教里，讲得最多的，总是一个吃饭，一个穿衣。

楼峻先生讲："老法规矩，吃饭么，只吃自己面前的菜，筷子不往远处伸的。我家里，从小吃饭，是用公筷的，养成我一辈子在外面跟大家吃饭，都离不开公筷。以前大家没有这个习惯的，我也不好意思硬盯着人家，我的办法是坐在下面，靠门口的座位，大家讲我客气，修养好，坐在下面，其实不是的，我是自私，这个是上菜的位子，坐在下面，菜上来，在面前的时候，稍微吃两口，然后就不吃了。后来慢慢大家有点公共卫生意识了，我就明目张胆要求大家吃饭用公筷，谁忘记用，谁罚款 200 元。这种卫生习惯，是姆妈从小教的。

"跟维倩谈恋爱的时候，人家讲，这个人，侬不能嫁给他的，这个日子怎么能过？我家里，地上干净得拿舌头舔，都舔不出灰尘的。这个也是姆妈从小教导的。我不喜欢东西乱七八糟，东西不要很多，归类归得整整齐齐，每天干干净净，不要等到一天世界了，才大扫除。我至今，家里哪本书在哪一格，基本上是不会记错的。

"穿衣服，我们三兄弟从小养成的习惯，每晚睡觉前，一件一件衣裳脱下来，叠得四骨方正，明天起床，最先穿的内衣，放在最上面，最后穿的外套，放在最下面，每天晚上，父母会来看我们三兄弟临睡之前叠衣裳，干净，整齐，舒服，规规矩矩。不光我们三兄弟如此，我的几个舅舅，也都是如此。后来，17 岁去安徽农村，冬天穿衣服，也是一件棉袄、一件罩衫、一副袖套，干净整洁，看到当地女孩子，赤膊穿一件棉袄，就算你是再漂亮的黄梅戏女演员，那也是吃不消的。

听了楼峥先生跟我讲的这些姆妈教导的卫生习惯，维倩小姐一再跟我感叹，妈妈极其重要。一个教养良好的女子，真的是，温润几代人。

楼峥先生讲："我是比较懵懂的人，好像是到了 30 岁，才慢慢开窍明白一点事情，姆妈从小教我的那些东西，我到了 30 岁以后才觉醒过来，觉得非常好用、非常有用。比如，我姆妈

◆ 楼母与四位舅舅

待周围人，特别是待底下人，非常客气，非常礼貌，手面很松。这个不是虚伪，是善于把周围的环境，调理得舒适一点。姆妈没有硬教育我，但是我长大以后，做法跟姆妈一模一样。我到哪里吃饭打球，都有小费给服务生，我不是要服务生给我开后门，我是希望一点点小费，能让他们开开心心，面带笑意，格么，一顿饭，大家吃得舒服，不要面孔铁板，愁眉苦脸，有啥味道？"维倩小姐笑："过年过节，我倒从来拿不到他的红包，我们小区的清洁工、保安，人人都有，他统统发遍，向来如此。"

慷慨，是任何人都负担得起的，你不会因为慷慨而破产，慷慨不是钱的事情，是你心里有那个东西在。

楼峻先生讲："姆妈非常会讲话，我一辈子，没有见过比我姆妈更会讲话的女子，没有人讲得过我姆妈。再不开心的人，天天一脸苦楚的亲戚，只要我姆妈去看望他，姆妈进门一开口，满面一团春风，身边人人都开心起来。姆妈最厉害，她很像犹太人的母亲，那种为了孩子，可以跟你性命相搏的厉害。我哥哥，插队时候，在乡下跟当地女孩子谈恋爱，被我姆妈知道了，姆妈直接冲到乡下，冒着极大的风险，不惜跟所有人翻脸，就是要把儿子拎回上海。人一定要在一个优良的环境里，一旦在乡下蹲下来，这个儿子，这辈子，不会再有出息了。姆妈在这种事情上，强大的意志力，虽千万人吾往矣的强悍，真是厉害

◆ 楼家三兄弟

得惊世骇俗。

　　"我父亲的车行，1949 年以后不久，就公私合营了，当时是让大家自己讲，要拿多少工钱。很多人不敢讲，100 元、80 元，都不敢讲。轮到我父亲，他问人家，格么，毛主席拿多少薪水？人家回答他，毛主席拿 360 元。我父亲讲，他不能跟毛主席拿一样多，拿 300 元吧。于是我家一直家境不错，三个儿子都有自己的乳母，60 年代初，还经常下馆子。到了'文革'，就不行了，父亲的薪水，从 300 元减到 100 元，每月一拿到薪水，先要扣除 20 元房租，10 元给乡下家里寄去，三个儿子正在发育生长期，能吃得如狼似虎，姆妈没办法，经常拿父亲的衣服，去淮国旧当，当时，父亲的好西装，抄家都抄没了，家里剩下的，是父亲的西装背心，姆妈拿去当，当个 3 元，马上买点肉回来。姆妈自己是不吃的，看着三个儿子吃。那些肉骨头，反反复复炖，真是所有的营养都炖尽了。就是在这样的经济状况下，我姆妈给儿子们学小提琴，一堂课，市面上是四五元，我姆妈付给老师 10 元。当年一个青工学徒，月薪不过 17 元。我姆妈讲，儿子一定要请最好的老师，因为儿子将来，是要靠这个小提琴吃饭的。老师来家里教琴，我姆妈无论如何，总要端整一碗点心，两只水潽鸡蛋，当年这两只蛋，看得我们三兄弟，真的是眼睛滴血。我姆妈就是这样做人体面，软硬功夫到家。

　　"讲到那个年代的体面，当年我在上海音乐学院，那些老院长，贺绿汀先生、丁善德先生、谭抒真先生，都是温文尔雅彬彬有礼的君子人物，中山装扣子扣得整整齐齐，胡子刮得干干净净，皮鞋闪亮，裤子两把刀。走路从来不走马路当中，客客气气走在路边，看见学生微微一鞠躬，或者微微侧身，从来不会老远老远哇啦哇啦跟侬打招呼，都是轻声轻气的。那种教养，现在不太看得见了。现在的人，就算教授，也是邋邋兮兮，裤子么卷起来，香烟灰随手弹弹。时代不同了。

　　"我姆妈还教过我，人要帮人家，不过帮好人家，转身就走开，不要牵丝攀藤念念不忘自己帮过的忙。姆妈做人的这种通透，我是一辈子受用不尽。"

·俞远明先生·

与俞远明先生聊天。

俞先生是同行大前辈，曾经历任《解放日报》副总编辑、《新闻报》总编辑，等等，退休后，热爱观鸟、观虫，本来我们约好了，4月5日跟随俞先生去崇明看鸟谈鸟拍鸟的，结果么，蹉跎了久久，崇明的鸟们已经飞离上海，我还在胡笳十八拍地拍栏杆。

格么，换个话题，与俞先生谈家教。

俞先生的祖父是镇江人，在当地邮局做事，20世纪30年代战乱时期举家逃到上海，定居下来。俞先生自己出生于1950年，整个50年代，是战后的"婴儿潮"时期，家家户户忙着生养孩子。俞先生说，当时在万航渡路读书，中午放学回家吃午饭，周围有六七间学校，一起放学，满街都是孩子，人多极了。那么多的孩子，是没有可能精致地养大的，大多数的家庭，都养得比较粗犷。举个例子，当年上海的孩子，没有多少是吃奶粉长大的，上海小人，很多是吃米泔汤长大的。米泔汤，就是一锅白粥的菊花芯里，舀出来的那碗粥之精华，温存柔润，养大一代又一代的江南才子与佳人。

俞先生的家，在安远路长寿路附近的国棉六厂的住宅区内，国棉六厂的原厂，是日本人于一百年前建的日华纺工厂之一，当时这样的日资纺织厂，上海有十多家，1946年被国民政府接收，1949年以后，成为国棉六厂。俞先生的家，就在这个日式的大型住宅区内，邻居们都是棉纺厂的高级管理人员和技术人员，是一个整齐完整的白领和金领的社区。俞先生说："从小生活于这样的环境里，我的人生思考都是典型的中产阶层的思考，比如说，钱呢，够用就好了，没有那么饥饿，要贪钱贪得家里床底下都塞满现金、墙缝里要砌满现金，是完全不理解的，拼了命要这么多钱做什么？发霉么？钱够用就好了，剩下的时间精力，可以去做自己喜欢的事情，想自己感兴趣的问题，这样么，一个社会才会充满创造力，充满有趣的人和事。"我对俞先生从小生活的这个日式纺织厂的社宅，充满了好奇，建于一百年前的住宅区内，居然已有标准游泳池，提供给所有居民健身之用。俞先生以超级的资料功夫，整理了大量文字和图片，让我叹为观止，希望另有机会，写一点这方面的文字。

回过来，讲家教。

俞先生的父亲是党员干部，1949年后担任各种职务，父母工作都很忙。俞先生和妹妹，主要是由祖父祖母照顾长大，尤其祖母，照顾了这个孙子二十四年之久，俞先生说，祖母是他一生里，神一样的人物。

　　先写一点俞先生和父亲的故事。政府曾经给俞家提供了一套好房子，蜡地钢窗的洋房，地段亦一流，在大光明电影院隔壁，似乎远远好过安远路国棉六厂的房子。但是俞先生的父亲拒绝了，理由很简单，安远路的房子是一栋小楼，有自己的院子，父亲可以在这个小院子里，种花、养金鱼、玩虫子。俞先生说："我是自己到了中年以后，才慢慢理解父亲的这个选择的。当年巨大的生存压力下，父亲礼拜天的花鸟虫鱼，带给一个中年男人，何等的逃逸与松弛。"俞先生记得，童年时候，父亲带着他去花鸟市场淘鱼缸，那是腌菜用的大缸，一米多高，小孩子不小心跌进去会淹没的那种缸，买回家养金鱼，自己养水草、配种、孵小鱼，养成水泡眼、狮子绣球、双尾巴那些漂亮金鱼来。父亲的养鱼，完全是发烧级的。夏秋之交，纺织娘挂在窗口，叫得热闹。童年的窗台上，放半只番茄，会引来金龟子，小孩子都爱不释手。"父亲养的各色秋虫，大缸里养的荷花，我至今都很难忘记。那个时候，父亲礼拜天白天，就是玩这个小花园，晚上他坐下来写发言稿。我大概是深受父亲的这些影响，自己退休之后，迷上观鸟、观虫，有意思得不得了。比如说鱼鹰，那种会捉鱼的大鸟，叫鸬鹚的，上海每年有很多

◆ 祖父祖母，膝下一双小兄妹

野生的鸬鹚，从北方飞来养小鸟，鸬鹚的小鸟养下来，它的父母亲分工，一个负责捉鱼喂食，另一个负责打水、含在喉咙里，喂小鸟喝水。问题是，鸬鹚父母亲，他们是怎么分工的呢？比人还合理的分工，太有意思了。"

俞先生从小跟随祖父祖母生活："祖父不太响，闲时看我的描红作业，督促我必须保持毛笔笔管拿直，一笔落笔时，笔要顿一下。祖父胃口相当好，爱吃，身材显胖，自嘲是'黄香梨、大肚皮'。因为祖父爱吃，年轻时候据说带着祖母吃遍镇江城里的好馆子，平日祖母做饭，祖父就立在祖母身后，指指点点，弄得祖母不耐烦了，把锅铲一扔，讲：'格么，侬来做给我看看。'祖父看祖母动气了，锅铲都扔了，赶紧偃旗息鼓，灰溜溜走开。祖母一手地道出色的镇江菜，祖父享用不尽，我们在祖母身边长大的孙子孙女，也一生难忘。

"50年代，每天早上，祖母都会给祖父准备一碗面条，里面放点酱油麻油，再放入一枝在面汤水里烫成半熟的青蒜，喷香。见我们嘴馋，祖母说，阿爷有胃病，只能吃面。祖母自己与我们一起吃大饼油条、米饭饼、老虎脚爪，泡饭酱瓜大头菜。还有一种烂面烧饼，春夏季节才有，拿米苋、韭菜、马齿苋，加肉糜，一做一叠，这种烧饼，如今镇江扬州的餐馆里，也吃不到了。

"镇江菜经典，三鱼两头，刀鱼、鲥鱼、鮰鱼，拆烩鲢鱼头、狮子头，红烧马鞍鞒、肴蹄、全家福烩羹，祖母都驾轻就熟。烟熏鲳鱼也是祖母的拿手菜，炖鸽子、杀甲鱼、剖墨鱼，祖母全都手段娴熟，过年时还会用厚百叶自制美味的素鸡。

"祖母的家常菜，也是精彩绝伦的。用蚕豆瓣、木耳炒鱼片，淋上镇江醋，滋味无穷。茄子除了凉拌，还有肉糜镶茄段、糖醋茄子。这种糖醋茄子，祖母拿茄子切成如兰花豆腐干的形状，再用姜末和糖醋翻炒，酸爽肥腴，是难忘的下饭菜。

"三年困难时期，祖母教我在房前屋后寻找一种很普通的野菜马齿苋，采来去根洗净，开水焯一下捞起晒干。我们拿这个马齿苋干，切碎后，跟豆腐干一起做成馅，包素包子吃，滋味俊美。前年去镇江旅游，年过半百的我，还特地买了一袋马齿苋干回来烧肉吃。

"祖母是个讲究人。冬天的棉袄、春秋的夹袄、夏天一身玄色或者褐色的香云纱薄衫配大脚裤，连同所有的内衣，都是自己裁剪、缝纫的，纽扣都是自己盘的。除了给自己做衣，也给我们小孩做棉鞋、布鞋。老法的妇人，一手女红，是闺门里带过来的修养。

"祖母每天晨起第一件事是梳头。她的梳头盒子放在我们小孩子够不到的地方，是一个红木制成的精致的长方形扁盒，里面装着祖母梳洗打扮的所有用具，祖母是不许我们翻看的，可我还是站在小板凳上，偷偷翻看了几次。印象中，盒子里有一粗一细两个翡翠手环、一个翡翠指环、一对翡翠耳环、一个牛骨梳子、一个篦子、一个金属镊子、一些老式发夹、两个假发髻，还有几张黑色的发网、几卷刨花和一个小巧精美的浸刨花的瓷质水盆。之所以不许我们小孩子翻看，因为那是她的嫁妆，物件珍贵，代代相传。

"祖母每天用篦子梳头，戴发髻，用刨花水涂抹头发，刨花水是老式的摩丝发胶，香喷喷的，上海一直到60年代，小菜场里还买得到。这种纯天然的榆木刨花发胶，现在只在唱京戏的演员圈里使用，淘宝上还有卖。祖母常用金属镊子修拔眉毛，还请女技师来家里帮她绞面，用几根细棉线，去除脸上的汗毛，皮肤白净有光。

"祖母的衣服都是洗好后再用菱粉浆水上过浆的，衣衫挺括没有皱纹。出门买菜时，把一个素色的手帕，搭在中式衣衫的盘纽上，宛如男士西装胸袋上插的手帕。夏天戴栀子花白兰花，有时佩一对翡翠水滴耳环。祖母小脚，穿小脚皮鞋，祖父给她买的，小花园的特制，祖父自己倒是穿布鞋的。祖母个子瘦高，有1.65米，是弄堂里出名的长脚老太。祖母的几个儿子也都像她，瘦高瘦高的，我父亲年轻时的绰号也叫长脚。"我觉得俞先生的叙述，十分惊人，他小小年纪生活在祖母身边，这些一言一行，清晰记取一辈子，所谓的审美，所谓的规矩，就是这样子来的吧。

◆ 神一样的祖母

　　"祖母讲一口道地镇江话，文雅风趣，玲珑剔透，从不与人争吵发怒，教导小孩子站要有站相，坐要有坐相。看见小孩不懂规矩，与长辈一起吃饭时，站起身趴到桌上捞菜，祖母会说，把裤子脱了去捞好不好？这种教训，我也是一辈子忘不了的。祖母见我做事犹豫不决，拖拖拉拉，会说，做事莫要牵丝攀藤，做事情应该'说打就动手'，这一句，真是醍醐灌顶，just do it，让我受用了一辈子。祖母晚年经常唠叨的一句，是光阴似箭催人老，日月如梭赶少年。

　　"祖母不信佛，一生爱吃一种叫鸡冠油的猪油，爱吃青鱼秃肺，爱吃鸭屁股，从未见她去过医院，晚年也只是让里弄卫生站的赤脚医生，上门来为她检查过几次。祖母无病无痛地活到86岁，可能跟她一生勤劳、幽默、酷爱吃生萝卜有关。一年四季，每天下午和晚饭后的空闲时间里，祖母嘴里经常咀嚼着削去皮的各种萝卜，青白红不拘，每吃完一只萝卜，还留下个芽头，浸在窗台前的清水小碟里，长成一株绿色盆栽。"

后记

　　《上海饭局》之后，有了这册《上海吃客》。辗转流连于饭桌左右，营养我的，当然不仅仅是餐盘里的葱焯大排与清蒸带鱼，无数挚友的长篇叙述，珍贵、沉着、聪明、诙谐，没有你们的信任，没有你们这些灯前月下、茶烟酒盏里的凝神讲述，这里的字字句句，是没有可能斐然成章的。谢谢你们的这些细节琳琅、密密麻麻的讲述，让倾听和记录的我，一度仿佛成了你们的家人和知己，这种感觉，是无与伦比的。

　　非虚构的写作，让我比较偏爱，是因为于每一次的写作过程中，都会被大量的营养汹涌淹没。人到中年，从来不必担心会把自己写空、写枯竭。

　　亦感慨，上海真是一座卧虎藏龙的宝都，层出不穷的人杰，波澜壮阔的故事，常常在转弯拐角处，让我一头撞上，难舍难分。

　　有幸与书亮挚友再度合作，他的这些"香海"油画，越来越精彩，越来越焕发。

我亲爱的主编楼岚岚小姐、可亲可爱的责任编辑石佳彦小姐，她们为此书贡献了大量宝贵的心力和时间，没有她们的努力，不会有这册《上海吃客》。

感恩所有的遇见，我是如此地珍惜这一切。

图书在版编目(CIP)数据

上海吃客/石磊著. —上海:学林出版社,2023
ISBN 978-7-5486-1957-4

Ⅰ.①上… Ⅱ.①石… Ⅲ.①散文集-中国-当代
Ⅳ.①I267

中国国家版本馆 CIP 数据核字(2023)第 162271 号

责 任 编 辑　石佳彦
装 帧 设 计　今亮后声
封面彩页插图　夏书亮

上海吃客
石　磊　著

出　　　版　学林出版社
　　　　　　(201101　上海市闵行区号景路 159 弄 C 座)
发　　　行　上海人民出版社发行中心
　　　　　　(201101　上海市闵行区号景路 159 弄 C 座)
印　　　刷　上海颛辉印刷厂有限公司
开　　　本　890×1240　1/32
印　　　张　9.5
插　　　页　24
字　　　数　18 万
版　　　次　2024 年 1 月第 1 版
印　　　次　2024 年 1 月第 1 次印刷
ISBN 978-7-5486-1957-4/G·751
定　　　价　68.00 元